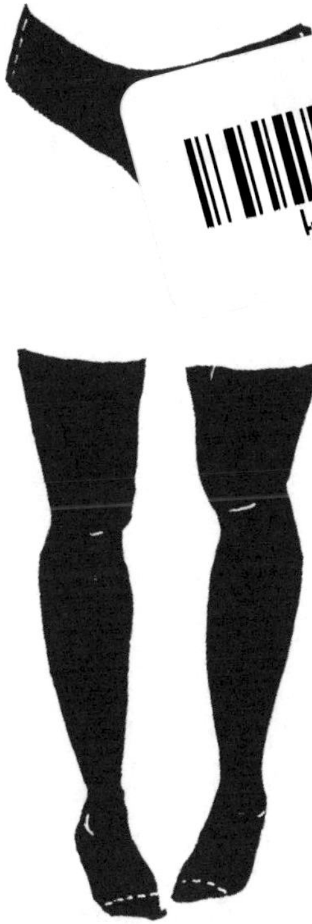

ICH TRAGE MEINE TRAURIGKEIT
BIS KNAPP ÜBER DIE KNIE
UND DU FINDEST SIE UNWIDERSTEHLICH

1. Auflage 2017

Cover und Illustrationen: Clara Deitmar
Lektorat: Denise Bretz
Satz: Fred Uhde, Leipzig (www.buch-satz-illustration.de)

ISBN: 978-3-95791-073-8

Hat Dir das Buch gefallen? Schreib uns Deine Meinung unter: info@unsichtbarverlag.de

Mehr Infos jederzeit im Web unter www.unsichtbarverlag.de

Josephine Frey

Im Enddefekt

UN SICHTBAR
VERLAG

Wenn die Mütter weg sind

Wenn die Mütter weg sind, können die Mädchen früh aufwachen und Kaffee durchlaufen lassen. Sie können auf die Waage steigen, sich duschen und rasieren und sich nur aus Versehen schneiden. Sie werden sich schminken und später dann einen Zettel auf dem Küchentisch finden mit kleinen Botschaften wie: »Mittagessen steht im Kühlschrank« oder »Vergiss nicht deinen Zahnarzt Termin!« und manchmal noch »Ich hab dich lieb.«.

Wenn die Mütter weg sind, werden die Mädchen an alte Kinderbücher denken. Und sich wundern, ob es die noch gibt. Und ob es stimmt, dass man seinen Monstern nur ohne zu blinzeln in die Augen schauen muss, um über sie zu regieren.

Eigentlich bräuchten die Mädchen auch ein Wolfskostüm, um Tag für Tag zu funktionieren.

Die Mädchen wünschten, sie könnten auf dem Weg zu den Wilden Kerlen auch fast mehr als ein Jahr auf dem Meer verbringen, um all das wieder in Ordnung zu bringen, was irgendwie falsch gelaufen sein muss.
Das mit der Traurigkeit. Das mit dem ersten und das mit dem letzten Kuss, das mit dem Erwachsenwerden und wie es wäre, niemanden zu hassen und niemanden zu küssen, und wie es wäre, fast ein Jahr lang überhaupt keine Entscheidungen treffen zu müssen, und alle Zweifel wären verstreut, weil man wüsste, man müsste nicht wissen, was man später nicht bereut.
Wenn die Mütter weg sind, werden die Mädchen auf dem Weg noch eine rauchen und die erste Stunde verpassen.
Wenn die Mütter weg sind, nehmen die Mädchen Chancen wahr, und manchmal nehmen sie Pillen. Die Mädchen können über Barren springen, sie können ihren Willen mit einem Glas Wasser runterschlucken, die Mädchen können Männchen machen und sich auf Befehl ducken, die Mädchen können artig lachen. Die Mädchen können im Schlaf aufsagen: *Das sind halt Jungs, die machen solche Sachen.*

Sie werden sich ablenken lassen und in keinem Fach aufpassen, außer in dem, wo die Note nicht zählt. Sie werden sich über die Sachen Gedanken machen, die zu klein sind, um sie irgendjemandem anzuvertrauen. Dass sie es gerade geschafft haben, im Gespräch nicht als Erste wegzuschauen. Über den spöttischen Unterton in einem Gespräch, über eine Antwort, die nicht richtig war. Und ob sie immer so bleich aussehen oder ob das von dem Neonlicht und den weißen Kacheln im Hintergrund kommt. Wie sie die Pause auf dem Schulklo verbrachten und wie eine Freundin ihnen dort flüsternd und matt von ihren Armen erzählt hat und wie sie seit Jahren versuchte, fast durchsichtig zu werden und schöne Muster in dünne Haut zu wetzen.
Und dass sie immer noch hoffte, jemand würde kommen, um ein Teelicht in sie zu setzen.

In der Mittagspause können die Mädchen über Sex reden. Sie rücken dann enger zusammen, teilen sich Diät Cola und Gummibärchen. Sie kichern und vergleichen Schenkelbreite, Nasengröße, die gebleichten Haare. Wenn die Mütter weg sind, können die Mädchen auf dem Heimweg um die Schminkabteilung in der Drogerie schleichen. Sie werden den Duft von Vanille und Pfirsich vergleichen, sich so verhalten, als wären sie mehr Zucker und Zimt, und sich freuen, seit sie jeden Tag ein bisschen mehr wie Weihnachten sind.

Sie werden sich klein und niedlich machen und lernen, dass Komplimente wie *süß* und *hübsch* am bedeutendsten sind.
Die Mädchen können sich abends schick machen und sie werden es hassen. Sie werden nach einer Weile wissen, dass sie nicht ihre Mutter, sondern Mütterlichkeit vermissen.
Die Mädchen werden abends anzügliche Blicke bemerken und Worte, die nicht schlimm genug sind, um etwas zu erwidern, und wenn sie es dann doch einmal versuchten, ergäben sie sich matt bei: *Wie, du bist jetzt nur wütend, weil er dich »Kleine« genannt hat?*
Wenn die Mütter weg sind, können die Mädchen mal wieder lachen, mal wieder was wagen, mal wieder vergessen, mal wieder nicht Nein sagen. Sie werden Zigaretten am Straßenrand rauchen und über dumme Witze albern lachen und es wird sich gut anfühlen.
Sie werden später mit leisen Stimmen reden und den Kopf schräglegen.
Wenn die Mütter weg sind, können die Mädchen im Morgengrauen auf Zehenspitzen nach Hause schleichen, in ihr Zimmer eilen, sie können sich umschauen, aber da wird tatsächlich niemand sein. Sie können sich in ihr Bett legen und liegenbleiben, sehr aufgewühlt. Wenn sie alleine sind, können die Mädchen heimlich »Fotze« an die Zimmerdecke wispern.

Nur um zu sehen, ob sich das immer noch falsch anfühlt.
Wenn die Mädchen aufwachen, würden sie gerne jemandem Bescheid geben, auch einen Zettel auf den Küchentisch legen, etwas wie: »Hallo, ich bin noch am Leben«.
Sie überlegen, ob sie ihre Mütter anrufen sollen. Mit nichts Bestimmtem zu sagen, einfach weil sie sich schon seit einer Weile danach fühlen, in ihrer Einsamkeit.

»Hör zu, ich bin so alleine. Ich versuche es wirklich. Und es tut mir so leid.«

Rabenkinder

Weißt du noch, als wir eine ganze Packung geraucht haben, nur um zu sehen, ob ihnen der Geruch auffällt?
Ich glaube, unsere Eltern bereuen das Geld, das sie in unsere Zähne gesteckt haben, jetzt, wo wir immer mit geschlossenem Mund grinsen. Glaubst du, sie wissen von dem Straßenhundherz, das seine kalte Schnauze an unsere Rippen presst und winselt?
Sie verstehen nicht, dass wir uns Zucker von den Handflächen lecken müssen, bis wir süß genug sind, um uns wieder mit nach Hause zu nehmen. Wie wir manchmal vor Fenstern stehenbleiben, bis wir dahinter dunkel sehen, wie die Tage hart sind und wir härter. Wie wir immer enttäuscht sind von unseren Vätern.

Sie würden nicht fragen müssen, warum wir weinen, wenn sie wüssten, dass wir den ganzen Herbst lang versucht haben, so blau und leer wie der Himmel zu werden.
Und wenn in jeder Sekunde fünfzig Millionen Zellen in uns sterben, wie können sie dann behaupten, dass wir noch nichts über den Tod wissen?

Könnten wir noch einmal von vorne anfangen, würden wir sie, denke ich, fragen, ob es manchmal okay ist, nicht »Tschüss« zu sagen, und ob sie wirklich etwas von dem Wunsch verstehen, sich die Haare abzuschneiden, nur um zu sehen, wie weit wir uns reduzieren können, wie viel wir von uns abnehmen, abknibbeln, abführen, abtrainieren müssten, um uns wieder überall zu spüren.
Ich glaube, unsere Eltern wissen nicht, dass wir lügen, aber ich weiß, dass wir nur versuchen, uns mit den tödlichsten Mitteln so lebendig wie möglich zu fühlen.
Ich würde wetten, sie ahnen längst, dass hinter unserem Lächeln nach jeder gestellten Frage ein Stoppschild glänzt, aber sie glauben an die schönen Abende und an die netten Nächte und wissen nichts von den kalten Betten und von unserem Drang, die ausgelöschten Zigaretten immer noch mit einem Schuh zu zertreten.
Ich glaube, wir haben ihnen nichts erzählt von den Sektfeten und dem Warten auf ein Zeichen

von Hauptsache-Irgendwem, dass er ohne uns nicht leben kann.
Vielleicht fragen sie sich immer noch, warum wir in der Nacht nicht nach Hause kamen und wie lange wir woanders wohl wachgelegen haben. Und warum wir schon wieder nach Geld fragen und nie, wie es ihnen wirklich geht. Wie wir selbst keine Art der Nachfrage ertragen und jedes ernsthafte Gespräch vermeiden, aber alle Umstände eingehen, um online zu bleiben.

Ich glaube, unser Eltern hätten keine Kinder gemacht, wenn sie nicht auch das Bedürfnis hätten, sich irgendwo zu hinterlassen, und wenn wir etwas geerbt haben, dann das: Es nicht fassen zu können, irgendwo gerade nicht zu sein, und wie verbissen wir versuchen, auf allen Haltestellen ein »ich war hier« verewigt zu wissen. Wie wir schöne Worte, Essen und Orte nur fotografieren, um uns zu vergewissern, dass wir wirklich dort waren. Wie wir die Leute hinter den ganzen Gefällt-Mir-Angaben kaum noch kennen, aber es wichtig ist, zu wissen, dass sie uns noch nicht vergessen haben.
Was wir ihnen nicht vergeben, ist, dass sie immer noch unsere Milchzähne aufheben, aber unsere größten Probleme kleinredeten, als sie selbst Angst hatten davor. Sie hätten zuhören sollen, wenn wir von dem Geruch von alten

Turnmatratzen und Schwimmbadchlor erzählten und wie er sich über die Jahre in unseren Köpfen eingehämmert hat. Und von den Pausen, die wir auf den Schulklos verbrachten, von dem: »Nein danke, ich bin schon satt«, von den Hartplastiktischen, dem Kreischen von Kreide auf schwarzer Tafel.

Von der Angst, dass wir unser Parfüm zu stark aufgetragen haben und dass unsere Eltern zu viel von uns erwarten und dass sie recht haben könnten, wenn sie meinen, zu wissen, was das Beste für uns ist.

Während wir uns immer noch fragen, wie viel Trinkgeld angemessen ist und wie man mit Messer und Gabel wirklich richtig isst, in einem Restaurant, das drei verschiedene sorgsam nebeneinander legt, und ab wann man nicht mehr die Verantwortung für einen Menschen trägt und ob man »Nein« sagen darf, ohne es zu begründen, und ob es okay ist, sich nicht mehr zu melden und einfach so aus einem Leben zu verschwinden, und wir würden das nicht zugeben, aber manchmal lagen wir deswegen die ganze Nacht schon wach.

Wie wir nie unsere ganzen Namen nannten, aber uns immer angesprochen fühlten, wenn jemand im Gang von »hässlich« sprach.

Wenn unsere Eltern sich beschweren, dass wir etwas vor ihnen verbergen, vergessen sie, dass wir, seit wir sechs sind, nichts Anderes kennen, als von eins bis sechs bewertet zu werden.

Ich glaube, sie unterschätzen, wie sehr wir uns zuerst über unsere Fehler definierten und was wir daraus machten, sie unterschätzten die Zeit, die wir vor dem Spiegel brauchen, damit sie unsere Gesichter jetzt nicht mehr beachten.
Wie unsere Eltern einhundert Synonyme für »Das geht vorbei« erfanden und nicht erkannten, dass wir die ganze Zeit versuchten, die Traurigkeit mit allen Mitteln aus den Knochen zu schaben, weil sich die Nostalgie in der Zwischenzeit mit langen Fingern überall dort eingegraben hatte, wo früher Ader, wo Blut, wo Kribbeln, wo Wut, wo Pulsschlag war.
Wie sie manchmal unseren Namen nannten, als würden sie dahinter noch unsere Zähne und unsere Herzen sehen, während wir uns so fühlten, als wären wir immer wieder nur unsere geschlossenen Augenlider.

Wir würden unseren Eltern gerne sagen, sie sollten sich keine Sorgen machen. Es gab schon wieder Arme, die uns gehalten haben. Aber zwischen einem Glas und dem nächsten Kuss hat keiner von denen so ausgesehen, als wüsste er, wie man einen Sturm halten muss.
Sie nennen das abwechselnd »unstetes Leben« und »wie ein Fähnchen im Wind«.

Wir haben nach Gott gesucht und die Liebe gefunden, aber wir stehen so weit neben uns, dass nur wir selbst unsere Nächsten sind.
Hätten sich nicht alle Brücken aufgelöst, würden wir sie jetzt bitten, uns zu trösten.
Hätten wir in der Vergangenheit weniger Türen zugeschlagen, würden wir jetzt sagen, dass wir eigentlich nur jemand brauchen, der uns sagt, dass wir alles richtiggemacht haben.
Und etwas, das uns in Sicherheit wiegt, etwas wie: Keine Angst, trotz allem haben wir gesehen, was du für die getan hast, die du liebst.
Wir baten darum, jetzt gehen zu dürfen, und wollten eigentlich nur hören, dass sie verstehen, wenn wir uns bei der chronischen Überreiztheit nach tauben Stellen sehnen.
Dass sie trotz allem sahen, dass wir nichts davon böse gemeint haben, auch wenn gerade irgendetwas zwischen uns stirbt und wenn sie das nicht begreifen, vielleicht vom Kuckucksei erzählen. Und ob es seine Schuld ist, wenn es ins falsche Nest gelegt wird.
Manchmal haben wir uns noch an die Zellen erinnert und wie falsch wir lagen, als wir dachten, wir wüssten über den Tod Bescheid, nur weil wir wussten, wie Dinge starben.
Wir haben einmal versucht, ihnen die ehrlichsten Sätze der Welt zu sagen: *Ich will konstant verstanden werden, aber nicht von dir, glaub mir,*

dass ich glücklich bin. Und wenn nicht, liegt es an mir.

Wir haben es dann doch gelassen. Sie werden nicht danach fragen und wenn doch, werden wir uns einfach noch einmal umarmen lassen.

Glückstreffen

Damals habe ich deine Hand gehalten und in jedem dritten blitzenden Licht konnte ich dein Gesicht sehen und dir zu verstehen geben, mit einer Hand an deiner Seite, das hier, das ist unser Leben, und lass doch die Leute, die tanzen, als würde es kein Morgen geben. Wir müssen uns nicht an denen messen. Wir tanzen jetzt, als könnten wir Gestern vergessen.

Manchmal tanzten wir. Manchmal hörten wir auf mit dem Kalorienzählen, mit dem Telefonnummernwählen und wieder löschen und manchmal erinnerten wir uns daran, was unser Daumen eigentlich anderes kann, außer über die immer gleichen Namen auf dem kleinen Bildschirm zu wandern.

Wir waren Kinder, die inzwischen wussten, dass Chips und Wein ausreichten, um den Schlaglöchern in unseren Köpfen für eine Weile auszuweichen.
Wir kannten die Leute, die nicht sehen konnten, wie sehr wir uns anstrengten. Aber sie wussten nichts von den nicht endenden Nächten, in denen wir mit unseren vollen Lippen prahlten, auf eine Weise, die schrie: *Wir sind hier*, auf der Straße nachts um vier, mit drei selbstgedrehten Kippen und einer Kiste Bier, mit fünf Ausnahmen, die wir uns nüchtern nie erlaubten, und zwei Dingen, an die wir wirklich noch glaubten.
Es gab gute Menschen und es gab schlechte Dinge, die ihnen passierten, und je nach dem gehörten wir zu einer der beiden Kategorien.

Wir haben das Internet mit Videos überflutet. Wie man Lippen richtig nachzieht und wie man lächelnd blutet.
Wie mache ich eine Tasche mit Fransen in neunzig Sekunden? Über Haarsprays und Badebomben. Wir haben alles nur erfunden.
Wir haben Pläne entworfen, um uns an den Modemagazinen zu rächen, und dann doch in uns und unseren Freunden nur noch leere Spiegel gesehen und unsere ständigen Versuche, uns in schöneres Mosaik zu brechen. Irgendwo zwischen *Ja zu allem* und *Nein bleibt Nein*.

Wir wollten uns nicht erklären, nicht rechtfertigen, wir mussten nicht schön, nicht wild, nicht schüchtern und nicht nachvollziehbar sein.
Wir rissen uns nachts die Münder auf, stülpten uns um und ließen alles rein, was Nähe zuließ: Zungen, Zucker, Fett und Liebe.
Raum, der dick und geschmeidig an uns klebte.
Zeit, unter die Haut unserer Hände genäht.
Als wir anfingen, andere Menschen zu vermissen, fingen wir an, überhaupt gar nichts mehr zu spüren. Und dann saßen wir mit heißem Atem in letzten Zügen, überkreuzten die Beine, ignorierten das Schwanken und die letzten drei weißen Lügen und wisperten zu Gott: »Bitte, bitte, lass uns doch fühlen.«

Wir waren die zu kurzen Kleider ohne Strumpfhosen. Mädchen mit schräggelegten Köpfen, mit zwei geöffneten Knöpfen und Parfüm zwischen den Brüsten. Mit Fingern, die sich um die langen Haare wanden, und mit einer Gänsehaut bei dem Gedanken daran, wer schon früher den Weg in ihren Turm hoch fand. Mädchen mit schmalen Lippen und einem Rucksack auf dem Rücken. Einen Kamm darin, einen Schnürriemen zum Kürzen, Apfelstücke im Hals und den Wunsch, einmal mit ihrem gläsernen Sarg zu stürzen.
Wir waren die Kippen zwischen abgekauten Fingerkuppen, das hysterische Entzücken einer Generati-

on Schmetterlinge zwischen Kokon und Puppen, die Fertigsuppen, die Tupperdosen und die Schlüsselbänder mit Stofftieren dran. Wir waren die rot übermalten Kinderlippen, wir waren die Wand und wir waren der Rücken. Wir waren die Schritte wie Pfefferspray, die Blicke wie Absperrband, wie: *Fass mich nicht an*, wie: *Wehe, du berührst mich.*
Mir fällt es immer noch schwer, die Dinge beim Namen zu nennen, die kurzen Szenen zu definieren, aber sie handelten von dem Drang, aufzulegen, bevor jemand abheben kann. Von den Händen, die auf unseren Knien verharrten, schwer und warm.
Von dem Rastlos-in-der-Sommerhitze-Liegen.
Von dem Streit mit unseren Geschwistern und der Hoffnung, dass sie uns irgendwann vergeben. In der neunten Klasse haben wir uns über Schlaftabletten ausgetauscht, als wären es Kaugummizigaretten, Saure Zungen, Center Shocks. Ich habe damals zu der Gruppe gehört, die aus allem einen Witz machen konnte.
Wir setzten uns keine Fristen, wann wir wieder in Ordnung sein mussten. Wir taten uns gut. Wir schrieben vielleicht nicht Geschichte, aber eine neue Definition von »Mut«.

Wir sind jetzt anders. Aber so waren wir auch mal, und das ist noch gar nicht so lange her. Manchmal denke ich, dass wir alt geworden sind.

Du ein bisschen und ich noch mehr.
Wir tauschen noch Kleider und Lippenstifte aus. Wir kommen auch nachts vorbei. Wir melden uns, wir achten aufeinander, wir haben immer noch ein Sofa zum Schlafen frei. Wir schreiben uns, wenn wir angekommen sind. Wir können zusammen trinken und schweigen, uns Geheimplätze zeigen, Zigaretten und Pillen teilen, eine für mich, eine für dich – siehst du, wie einfach das jetzt ist? Wenn wir Glück haben, steht da immer noch eine halbe Flasche Wein in der Küche und ein Licht am Fester, egal, wie lange wir weggeblieben sind. Wir sind Zeitgeister geworden: Ich fühle mich tot und du fühlst dich leer, aber du weißt, wir sind trotzdem noch Glückstreffer geblieben: Wir passieren nur niemand anderem mehr.

Co

Ich glaube, wir müssen unser Treffen noch einmal verschieben.

Es gab eine Zeit in deinem Leben, die war nicht nur Zeit, sondern auch Leben. Unsere schönen Momente. Erinnerst du dich noch?
Da konntest du den Kopf zum Lachen noch in den Nacken legen, da hast du die Wunschlisten für Weihnachten schon im Februar geschrieben, da wolltest du dich in jedes Detail verlieben, in Wintertage, die doch sonnig waren, in den Wind in den Haaren beim Mit-offenen-Fenstern-Auto-Fahren, in Dinge, die du damals noch gesammelt hast.
Kastanien hast du von Spaziergängen mitgebracht, Muscheln vom Strand, Steine, Kugelschrei-

ber und diese Teststreifen mit Parfüm aus dem Supermarkt.
Da hast du noch aus dem Bauch raus gelacht, bis es wehgetan hat, da hast du Zettel geschrieben und Bilder gemacht, weil dich immer noch etwas begeistert hat; ein alter Gedichtband, eine selbstreparierte Fahrradkette, Freunde im Urlaub, rot verbrannt, die Pflicht einer verlorenen Wette, Kerzenlichter, Geburtstage und lange Sommernächte.
Ich wollte dir die Fotos zeigen, aber du hast sie dann irgendwann wortlos in einem Karton verstaut. Wenn ich sie heute sehe, tut es immer noch weh. Dein Lächeln sieht da noch nicht schmerzhaft aus.

Ich frage mich, ob einem die Seite einer Person in Erinnerung bleibt, die man länger gesehen hat, oder ob man eher den Teil nicht vergisst, der einprägsamer geblieben ist.
Es war nicht plötzlich da. Es wurde einfach nur schlimmer.
Ich habe so lange versucht, nichts zu merken, bis du einmal so fasziniert aus dem Fenster gestarrt hattest wie wir früher als Kinder und verblüfft meintest: »Hast du mal rausgeschaut? Es ist schon wieder Winter.«
Du hast immer gesagt, dass es dir gut geht, und es dann zurückgenommen, bis es nichts mehr zu bedeuten hatte und die Wörter schwer und glatt in deinem Mund lagen.

Es fühlte sich an, als würde ich an dir versagen. Manchmal war ich so wütend auf dich, wenn wir da beim Essen saßen und du immer öfter überhaupt nichts mehr sagtest. Ich konnte nichts dafür und du hieltest nichts dagegen. Ich schlug was vor und du wichst zurück, als hättest du Angst, von Plänen blaue Flecken zu kriegen.
Wann bist du dir so egal geworden und wieso hast du nicht besser auf dich aufgepasst?
Du bist in allen Fortschritten so langsam, ich hab Angst, dass du irgendwann selbst vergisst, ob du jetzt eigentlich Letzter oder Erster bist.
Ich habe dir immer gesagt, dass ich dich liebe. Auch hier, auch jetzt, auch in den schlechten Zeiten, auch wenn ich Migräne habe, auch wenn du tagelang nicht duschst, auch wenn ich dich jeden Abend daran erinnere, dass du deine Zähne putzen musst, auch wenn du deine Rollläden den ganzen Tag unten lässt, auch wenn ich Dienstagnachmittags zu dir komme und du immer noch schläfst, auch wenn du mich immer im letzten Moment versetzt, auch wenn wir nachts um drei streiten, auch dann, auch in den schlechten Zeiten, in den guten wie in den schlechten, auch in denen. Auch in diesen Zeiten.
Du schuldest mir noch Schlaf, aber lass den doch anschreiben. Du wirst schon sehen, wie viel ich verstehe, ich werde dir zeigen, wie viel ich verzeihe und wie vernünftig ich dabei bleibe.

Ich werde der Mensch sein, der nicht von deiner Seite weicht, ich werde der sein, den du irgendwann nicht mehr mit den anderen vergleichst, ich werde der sein, der dir zeigt, dass manche Menschen es doch ernst meinen mit *Liebe kann für immer sein und ich bleibe bei dir, was auch passiert, und ich bin für dich da, ganz egal, wie chaotisch es wird.*
Auch wenn ein Teil von dir nur an sich denkt und der andere Teil von dir will sterben. Ich habe dir versprochen, ich bleibe so lange bei dir, bis Liebe und Treue wieder Synonyme werden.

Ich habe meine eigenen Erwartungen an dich ständig gesenkt. Es gab keinen Rhythmus für deine Zuversicht. Sie kam manchmal und dauerte an, bis sie eben wieder verschwand.
Ich habe dir gesagt, dass ich sehe, dass du es zumindest versuchst, obwohl ich nirgendwo einen Beweis dafür fand.
Du hast dich nie bemüht. Aber ich dachte immer, Liebe ist, dem anderen zu vertrauen, selbst wenn man weiß, er lügt.

Du wolltest keine Hilfe oder: Du wolltest sie dir nicht eingestehen. Und das ist vielleicht dein einziger Fehler gewesen, von all den Dingen, die ich dir vorgeworfen habe, ohne es dir zu sagen. Weißt du, wie schnell ich mich wegen dir alt gefühlt habe?

Ich hatte meinen Kaffee am Morgen und du genug vom Leben. Ich hatte Essen gekocht und niemandem zum Reden. Du hattest keine Kraft und ich noch viel zu tun. Du hattest mich und ich hatte deinen Schoß, um meinen Kopf darin auszuruhen. Du brauchtest mich immer mehr und ich immer länger, um morgens aufzustehen. Ich hab dir das nie gesagt, aber ich hatte Angst, dich zu verlieren. Ich dachte, was dich bis jetzt nicht umgebracht hat, wird es vielleicht doch immer wieder probieren.
Du hast in mir meine Versprechen gesehen und ich die leisen, ungeteilten Zweifel.
Dir ging es manchmal besser, aber immer noch schlecht. Du hattest den Glauben in mich, aber ich habe irgendwann die Kraft verloren. Alles, was du sagtest, reimte sich auf »Ich brauche dich, so sehr«. Alles, was ich seit langem sagen wollte, war: Vergib mir, vergib mir, aber ich kann nicht mehr.
Ich glaube, wir müssen unser Treffen noch einmal verschieben.
Du bist wieder am Leben, aber ich bin noch nicht am Lieben.

Kriegserklärung

Ich gehe und du fällst aus allen Wolken. Es hat nicht so geendet, wie es hätte enden sollen. Ich habe das selber sanfter geplant, weißt du. Aber als ich sagte, du spürst doch auch, wie wir uns hier gegenseitig in Zeitlupe umbringen, dachte ich noch, meine Worte würden laut mehr wie Zuckerwatte klingen.
Du winkst ab: »Ach, mach dir doch keinen Kopf und mach dir auch kein Herz und, komm, lass auch die Hände weg.«
Und dabei weiß ich, dass du eigentlich auf mich setzt: Ich hab dich früher auch immer überall gefunden und du zählst darauf, wenn du dich jetzt in dir selbst versteckst.
Aber dieses Mal tu ich so, als würde ich dir deine Kälte abnehmen.

Ich will dich nicht verstehen, ich will dich nicht mehr suchen, nicht mehr sehen, nenn es: Betrug. Nenn es: Fernweh.
Du bist ja ganz nett.
Aber ich bin jedes Mal eifersüchtig, wenn ich einen fremden Mann mit einer fremden Frau zusammen lachen sehe.
Du wirfst mir vor, dass ich alles schwarz-weiß sehe, aber nur weil du dich auf grau konzentrierst, ist dein Weltbild noch lange nicht bunt.
Wenn manche Küsse Kommas sind, war dieser hier ein Punkt.
Spürst du auch, wie wir uns auseinanderleben zwischen den beiden Städten?
Weißt du was? Du sammelst einfach weiter Schneekugeln und ich Ausreden, wieso wir eh nie eine Zukunft gehabt hätten.
Was ich sagen will, ist: *Ich hoffe, du liebst mich nicht mehr lange.*
Ich hoffe, du tust dir dieses Mal nichts an.
Ich wünsche dir nur das Beste, aber du bist's für mich nicht. Ich glaube, du ahnst, ich habe dich nie vermisst.
Es hat sich alles schon damals falsch zusammengetragen.
Was sollen wir denn jetzt bleiben, wenn wir noch nie Freunde waren?
Ich trug meine Traurigkeit bis knapp über die Knie und du fandest sie unwiderstehlich.

Ich sagte, ich könnte dich trotzdem nicht lieben,
und du meintest lächelnd, ich muss es nur wollen.
Und daraufhin habe ich dich berührt und gedacht:
Du verstehst es gar nicht.
Mein Herz ist nicht groß, das ist nur noch geschwollen.

Tu nicht so verletzt, ich hab immer vorausgesetzt,
dass ich nicht gut für dich bin.
Ich hab dir schon vorher alles gesagt: Ich bin so kaputt, du hast keine Ahnung. Das willst du dir gar nicht antun. Ich sehe immer Leute, die lieben einfach, die haben dieses Urvertrauen, die müssen noch wegschauen, wenn sie dann mal lügen, und, weißt du, für mich ist es selbst an den guten Tagen so schwer, überhaupt Luft zu kriegen, und an den schlechten Tagen hab ich dann doch immer genau das gemacht, was du nicht wahrhaben wolltest.
Weißt du was? Ich habe doch weiter mit ihm geschrieben und es gab einen Grund, wieso du nicht auf mein Handy schauen solltest.
Ich erinnere mich noch an den Moment, in dem ich plötzlich sicher war, dass wir uns nie ganz verstehen werden. Und dabei war es doch nur ein Blick gewesen, ein Wort, und plötzlich war ich wieder an dem Urlaubsort, an dem es zwei Wochen durchgeregnet hat.

Komm, konzentriere dich jetzt auf all die Dinge,
die dir an mir nicht gefielen.

Ich verlass dich, du verletzt mich, das war doch der Deal. Wenn es dir hilft, zu heilen.
Wie sollen wir die Blumentöpfe teilen, ziehe ich aus unserer Wohnung und du aus unserer Stadt?
Lass uns einfach gehen.
Keine »*Ich liebe dich*«s mehr, kein »*Kommst du ins Bett?*« und »*Sehen wir uns später?*«.
Keine Blicke auf deinen Lippen, keine Finger, die auf deinen Hüften Kreise ziehen, kein Kloß im Hals, kein Stein auf dem Herzen, keine Hand auf meinen Knien. Du weißt, du kannst auf meine nächtlichen Anrufe zählen, bis es irgendwann reicht, wenn wir uns an Geburtstagen ein »*Alles Gute*« schreiben und uns von der anderen Straßenseite aus zuwinken. Vielleicht bin ich dann betrunken genug, um dich zu vermissen, vielleicht vermisse ich dich genug, um mich zu betrinken. Behalte alles, was es dir jetzt leichter macht: den grünen Pullover, deinen Optimismus, unsere Freunde und meinen Lieblingsduft. Du Pusteblumenkind mit deinen Plänen halb aus Luft, irgendjemand wird dich schon nach Hause begleiten und mir Taxigeld geben, irgendjemand wird sich um dich kümmern und mir eine Jacke über die Schulter legen. Und du wirst immer noch Leute finden zum Getränke-an-den-Tisch-Bringen und ich welche zum Streiten. Irgendeinen zum Essenkleinschneiden und Deckelaufschrauben. Irgendjemand wird dir immer glauben und mir die Sachen von den obersten Regalen holen.

Jemand wird den Müll für dich rausbringen und ich werde irgendjemanden dazu zwingen, zu testen, ob die Milch jetzt schon vergoren schmeckt. Du wirst mal laut und mal leise lieben, ich werde mich mal mehr und mal weniger verbiegen, und beides wird uns vermutlich nicht schaden. Auch wenn wir manchmal ganz klar sehen werden und dann wieder verschwommen.
Ich weiß, wir werden es beide meistens leicht haben, und ich entschuldige mich jetzt schon mal für all die Dinge, die ich über dich sagen werde, um über uns hinwegzukommen.

Über dich wird nach unserem Gespräch nur noch kurz gesprochen werden. Sie werden mir nach und nach unsere Erinnerungen stehlen. Ich selbst werde sie kleinreden und zersplittern, sie in Bruchstücken ins falsche Licht rücken und sagen: »Er war wohl doch nicht so toll, wie ich am Anfang dachte.« Und: »Wusstest du, dass ich mich mit ihm überhaupt nie so ganz gut gefühlt habe?« Und: »Du hattest Recht, als du meintest, wir passen eigentlich gar nicht zusammen.«
Bis selbst der Letzte verstanden hat, dass er sich nicht mehr nach dir erkundigen kann.
Niemand wird mich an dich erinnern wollen.
Erinnerst du dich noch an deinen hohlen Zahn und wie du nicht aufhören konntest, mit der Zunge dort hinzufahren, wo es wehgetan hat?

Hör bitte niemals damit auf, Leute nach ihrem Tag zu fragen und Obdachlosen Geld zu geben und irgendjemanden zu küssen. Klar werde ich immer wollen, dass du glücklich bist, aber ich will dir nicht länger dabei zusehen müssen.
Du weißt, dass ich dich liebe, und ich werde immer wissen, wie ich dir wehtun kann. Wann kannst du aufhören, mich zu fragen, wieso du mich nervös machst und anekelst und nervst und wieso ich trotzdem immer wieder zu dir zurückkomme, obwohl es mich innerlich zerreißt?
Ich verspreche dir, das ist immer noch ein Liebesbeweis. Aber es muss nicht länger funktionieren und wir müssen uns beide nicht weiter zusammenraufen.
Ich stehe in deiner Schuld und ich hätte schon viel früher damit anfangen sollen, wegzulaufen.

Tablettenerster

Ich will nicht mehr nach deiner Arbeit fragen und was es bei dir Neues gibt, ich will wissen, was sagst du zu jemandem, wenn du weißt, dass du ihn nicht mehr liebst?
Ich will wissen, wieso ich mich bemühe, zu Hause zwei Stunden vor dem Spiegel zu stehen, nur um auf der Party gleichzeitig schön und gleichgültig auszusehen.
Heute werde ich gut aussehen, heute werde ich alles geben, ich werde Spaß haben und glücklich sein, ich werde fast vor Freude weinen, ich werde Witze reißen und einen anderen küssen, ich werde erzählen und mir dabei nicht von innen auf die Wange beißen müssen, ich werde was trinken und Leuten zuwinken, bei denen die

Hemmschwellen schon offensichtlich denken: *Was soll's, wenn ich die Schlaftabletten mit Kaffee runterspüle? Was soll's, wenn ich nicht aufhören kann, zu wanken?*
Ich sage, ich mache lieber Liebe als mir Gedanken, ich grinse und trinke und tanze und wünschte, ich wüsste nicht, wo ich jetzt wäre, wenn ich alles gemacht hätte, das ich hätte tun sollen. Wenn mein Leben ein Buch wäre, würde ich die Überschrift zu dem jetzigen Kapitel nicht wissen wollen.
Und ich suche nach Worten, um den Moment zu beschreiben, in dem ich zwar seit Jahren immer noch warte, aber schon weiß, dass dieser Zustand nicht immer verbleiben wird, dass ich das Ende in Sicht habe, aber noch bleiben muss. Die Zeit, in der ich mich zwischen Terminen, Kontaktdaten und Sprachnachrichten rumdrücke, wie ich ganze Wochen mit Nichtstun überbrücke und dann wieder nächtelang nicht schlafen kann, in denen ich mich frage wann das Koffein einsetzt und wo ich wirklich mal aufwachen werde, und was die Dienstagnächte über mich verraten, während ich eigentlich wie beim Staffellauf nur noch darauf warte, dass der Vorgänger abklatschen kann, wie die letzten zwei Minuten beim Einfahren der Bahn, wie: »Dein Name ist als nächstes dran«.
Irgendwann werde ich den richtigen Begriff für diesen Zustand finden und er wird sehr einfach sein.

Aber heute Nacht werde ich ein paar Menschen dazu bringen, mich perfekt zu nennen, und von ihnen werden alle verlernt haben, mit mir zu schweigen. Und obwohl ich weiß, dass keiner von ihnen länger bleiben wird, erwarte ich das jede Nacht, dass jemand in meine Richtung rennt, dass jemand mich am Ärmel zieht, dass jemand mir in die Augen sieht und nicht auf die Lippen, dass jemand sagt, komm mit, wir setzen uns jetzt mal woanders hin und teilen die Flasche Wein und drei Kippen, jetzt erzählst du mal, und dann werden wir weitersehen und bleiben darüber zusammen wach.

Das passiert nie, und das weiß ich, und dem nächsten Blick, der meinen auffängt, gebe ich nach. Er wird auf mich zukommen und er wird mich fragen, wie es mir geht, und im selben Moment werde ich mich fragen, wann genau die Frage ihre Bedeutung verloren hat und ob ich das erschreckend oder erleichternd finde, dass ich mich seit Jahren aus allen Situationen mit einem »Gut, und dir?« winde, ohne aufzufallen.
Danach wird er eine Antwort lallen und fragen, ob ich aus der Gegend komme, und in dem Moment werde ich mich entspannen und wissen, dass das jetzt ein Spiel ist, das ich mag, weil ich die Regeln so gut kenne, weil sie einfach sind und Sinn ergeben.

Eigentlich wollen wir beide doch nur irgendwas erleben.
Bei der Frage werde ich wie immer leicht den Kopf schütteln, was alles heißen kann und genau heißen wird: Ich komme nicht von hier direkt, ein bisschen weiter weg, mehr Dorf als Stadt, ich kenne die Einkaufsstraßen hier, aber keine Schleichpfade, ich würde die Kneipen nachts finden, aber die Kreuzungen tagsüber nicht erkennen.

Ich wollte früher immer von hier wegrennen und konnte nie genau sagen, was mich dann doch hiergehalten hat. Der Vater, die Mutter, der Schulweg, die Bibliothek, das Kino, die Überreste von Festgeglaubtem, die Angst vor Unvertrautem. Das Unkraut und die Wildblumen, die sich in den Häuserfassaden eingegraben haben und aus denen ich als Kind Suppen und Brei mit Steinen kochte.
Eigentlich war es mir immer wichtiger, dass ich die Dinge kannte, als dass ich sie mochte.

Er wird fragen: *Voll warm hier drin, oder?*
Er wird fragen: *Kenne ich dich irgendwoher?*
Er wird fragen: *Bist du alleine?*
Er wird fragen: *Magst du die Musik?*
Er wird fragen: *Willst du auch noch eine?*

Zu dem Zeitpunkt wird mein Blut aus trägem Benzin sein und ich würde am liebsten erschrocken aufschreien, wenn er es tatsächlich wagt, neben mir eine Zigarette anzuzünden.
Ich werde zitternd in der Nachtluft stehen und ihm zusehen, wie er sich an die wummernde Wand hinter uns lehnt, den Kopf in den Nacken legt und den hellen Rauch ausbläst, als wäre er wertvoller, nur weil ihn das Neonlicht der Leuchtreklame rot verfärbt.
Ich werde nicht wissen, was ich zu ihm sagen soll, jetzt, wo wir plötzlich draußen stehen und die Musik nur noch in leisen Fetzen zu uns weht, aber er wird keine Worte erwarten, nur ab und zu ein zustimmendes Lachen. An manchen Orten kann man in Nächten nur seine Haut miteinander vertraut machen.
Ich werde mich fragen, was ich finden würde, wenn ich anfangen könnte, im Garten hinter dem Haus meiner Kindheit zu graben. Die bleichen Knochen aller Tiere.

Die Maus und den Vogel, die ich beide vom Standstreifen getragen habe.
Meinen Hund, die Hasen, die Scherben einer zerbrochenen Vase, Gartenhandschuhe, Schachbrettfiguren, ein vergessenes Blumenbeet; und irgendwo auch meine Worte in einem Schuhkarton, mit Servietten ausgelegt.

Ich werde ihm nichts davon schildern, weil das Haus weit weg ist und der Garten verwildert, ich werde ihn anlächeln und er wird nett aussehen, nicht schön, aber nett, als könnte er aus dem Bauch raus lachen, wie ein guter Ort, um sich eine Nacht lang daraus ein Zuhause zu machen. Wie jemand, der nie infragestellt, ob er überhaupt eins hat.
Ich will ihn fragen: *Wann wurdest du das letzte Mal eigentlich von irgendwas wirklich satt?* Stattdessen lächle ich beklommen.
Und dann höre ich ihn fragen: *Willst du noch mit zu mir kommen?*

Das Schlimmste ist, am nächsten Morgen zurückzugehen, nur um zu sehen, dass sich nichts verändert hat und noch nicht mal ich verändert bin, dass ich nie etwas verliere und auch nie etwas gewinne, hier bin ich in der Bahn auf einem Viersitzer alleine, hier überkreuze ich auf das Handy starrend meine nackten Beine und sehe im Sperrmodus mein Spiegelbild, hier schaue ich jetzt nach, ob es mir verzeiht, wenn ich lautlos formuliere: *Natürlich habe ich ja gesagt und natürlich tut es mir leid.*
Das Schlimmste ist, am nächsten Morgen zurückzugehen, nur um zu sehen, was davon übrigbleibt, nachdem du alles rausgeholt hast, aus dem Abend, aus mir, aus der Stimmung, aus dem Hype.

Zigarettenstummel. Bierpfützen. Erbrochenes. Plastik und eine Einstellung wie: »Da geht noch mehr«.

Aber wenigstens, wenigstens bin ich dann leer.

Die Wahrheit, Teil I

Weißt du eigentlich, was ich immer am meisten an dir mochte? Dass du wusstest, was du mit deinen Händen machen musst, bis ich zugebe, für welchen Wunsch ich mir seit Jahren alle Geburtstagskerzen und Wimpern aufhebe.
Das hätte ich dir gerne noch gesagt, genau wie du gerade eben: *War ja klar, dass wir uns mal wiedersehen.*
Ich hatte deine Stimme schon vor dir erkannt und während ich noch dein Gesicht suchte, ist mir kurz eine Szene durch den Kopf gegangen, wie wir damals bei Stromausfall im Dunkeln standen und du meintest, du hättest mich noch nie besser gesehen, und jetzt könntest du verstehen, wie es sich anfühlt, einen Menschen zu kennen, bis man ihm so vertraut,

dass man glaubt, man könnte ihn überall wiederfinden, selbst Jahre später, selbst ohne seine Haare. Selbst ohne seine Haut.

Du hast mich angesehen. Das konntest du schon immer gut. Schauen statt reden, und ich habe früher oft gedacht, dass du einer dieser Menschen bist, die Schweigen interessant und nicht langweilig macht. Zwischen uns lag Weg, irgendein Pflaster, das mir in der Nachmittagshitze am Schuh klebte wie etwas, das eigentlich zu klein geworden ist, wie die Art von Stadt, in der man jedes Mal das Gefühl hat, sich rechtfertigen zu müssen, warum man immer noch hier lebt, wenn man manche Menschen Jahre später wiedersieht.

Du hast gefragt, wie es mir geht, und ich habe gefragt, ob du immer noch Fremde nach Zigaretten fragst, nur um zu sehen, ob sie dir welche geben. Ich hatte das so lange vergessen, aber in dem Moment wünschte ich, du hättest mich genauso mit nach Hause getragen, um mich in der Schachtel unter deinem Bett aufzuheben.
Du hast mit dem Kopf genickt und eine Augenbraue hochgezogen und hast auf einen Punkt knapp über meiner Schulter gestarrt und wahrscheinlich darauf gewartet, dass ich noch antworte, und höflichkeitshalber stotterte ich: *Danke, gut.* Und fügte hinzu: *Ich dachte immer, irgendwann muss man*

alle lieben können, die einem nur lang genug das Essen machen und die Wäsche aufhängen.
Du hast geschwiegen. Aber du wusstest, ich hätte mir die Rippen gebrochen, um mich zwischen dich und dein Leben zu zwängen.
Ich konnte deine Feierabend-Augen nie ertragen, und das bemerktest du einmal und lächeltest matt. *Du bist so hungrig. Und ich bin so satt.*
Du wolltest immer, dass ich die ganze Welt noch lieben lerne, und nur dass du weißt, wie sehr ich dein Reden gehasst hab und wie mich das schon damals so wütend gemacht hat, dass ich einmal meinte: *Der Unterschied zwischen uns ist, dass, wenn wir alles aus uns rausholen, es mich leer und dich tiefgründig macht.*
Eigentlich wollte ich doch immer nur der Körper sein, der warm und weich und stark und ruhig auf deinen passt.
Du wolltest die Liebe und ich wollte dich und nur deine beiden großen Hände um eine Teetasse gelegt, nachts um drei, ich wollte nur wissen, dass unsere diffusen Gespräche dort luftdicht versiegelt im Kühlschranklicht bleiben. Ich habe dir von meinen Ängsten erzählt. Wie ich mich traurig fühlte und du es schon seit Jahren warst. Und weißt du noch, als du meintest, dass du schon viel erlebt und zu viel erfahren hast und dass du früher dachtest, du könntest für einen Menschen sterben, und dass er dich heute kaum noch berühren kann?

Und ich habe auf meine Hand an deinem Oberarm geschaut und gedacht: *Vielleicht bin ich einfach zu spät dran.*
Und erst jetzt, wo ich dich wiedersah, konnte ich deine Antwort besser verstehen.
Ich will nicht sagen, dass du mich gefühllos gemacht hast.
Aber nach deinem tat kein Name mehr weh.

Du warst kurz erstarrt und sahst dann so aus, als würdest du gleich lachen, und dann meintest du: *Wohnst du immer noch hier?* Und es klang wie: *Versuchst du immer noch, Pechvögel handzahm zu machen?*
Ich nickte nur und unterdrückte den Drang, mich zu entschuldigen, und was das hier erträglich machte, war nur die Tatsache, dass du zwar so tun konntest, als würdest du mich nicht mehr lieben, aber dass nach dir niemand mehr angerufen hat, nur um zu sehen, ob ich ans Telefon gehe.
Du hast nochmal den Kopf geschüttelt und mit den Achseln gezuckt und mich so angesehen, als würdest du um Erlaubnis bitten, jetzt weiterzugehen.
Und als ich genickt habe und du tatsächlich nicht stehenbliebst wusste ich: Ich habe dich geliebt.
Und dir war es lange Zeit wichtig, mich glücklich zu sehen.
Manchmal frage ich mich immer noch, warum das nicht das Gleiche sein kann.

Du hattest wirklich keine Angst mehr, ganz zu verschwinden. Aber wenn du dich häuten könntest, würdest du meinen Namen unter deine Brust genäht finden.
Ich sah dir nach, wie du da gingst, wirklich gingst, mit langen Schritten und Armen, die diagonal im Takt mitwippten, und selbst von hinten hätte ich schwören können, dass du ein Lächeln auf den Lippen hattest – das nicht mehr mir galt.
Ich wollte dich zurückrufen und dich daran erinnern, dass du manchmal mit mir schlafen und meistens nur neben mir liegen wolltest. Und du hättest dich umgedreht und mich gefragt, was das sollte, und du hättest mit den Augen gerollt. Und es wäre tatsächlich nur dann von Bedeutung gewesen, hättest du es so gewollt.

Am Anfang habe ich dir noch alles gesagt, jeden leichten Gedanken und jede neue Idee, in die ich mich verrannte. Du wusstest immer, was ich kannte und was ich mochte, und konntest mich meistens verstehen und einmal meintest du aus Spaß, dass ich gar keine Antwort von dir erwarten würde und mich immer nur in meinen eigenen Vorstellungen sonnte. Aber irgendwann habe ich angefangen, mit dir so zu reden, wie du deinen Kaffee getrunken hast, vorsichtig und schnell, bevor er kalt werden konnte.
Wir haben uns von da an öfter vergessen und sehr behutsam verletzt.

Das klingt noch poetisch. Wie alles, das so absehbar ist, dass man es durch seine Vergänglichkeit wertschätzt. Wir hatten beide ein Hang zu diesen Dingen. Du zu Blättern im Herbst, die bunt werden, bevor sie sterben, und ich zu meinen allerletzten Zigaretten und leisen Nachtgesprächen.
Letzte Weihnacht habe ich dir ein Bild von Robinson Crusoe geschenkt, wie er im Sand sitzt und Kerben in das Treibholz ritzt. Wir haben es im Schlafzimmer aufgehängt und von da an bin ich jede Nacht aufgewacht.
Ich dachte, ich muss eine neue Zeitrechnung erfinden, weil es sich nicht um Stunden, sondern um Jahre gehandelt haben muss. Ich habe im Dunkeln auf deinen mir zugedrehten Rücken gestarrt und an gar nichts mehr gedacht.
Du hast darauf geachtet, immer erst ins Bett zu kommen, wenn ich schon geschlafen habe, und ich habe nicht mehr über deine Witze gelacht. Du bist später von der Arbeit heimgekommen oder länger im Auto sitzengeblieben und ich habe vergessen, wie du drei Jahre lang deinen Kaffee genommen hast, und ich habe in alle deine Wunden gerieben und wollte dich aufkratzen und aufwühlen, nur um dir zu zeigen: Siehst du, du kannst immer noch was für mich fühlen.
Dich hat nichts davon verärgert, außer dass ich immer mehr in Panik geriet. Wie du das Gespräch suchtest und ich es vermied.

Und das Schlimmste und Ehrlichste, was du jemals zu mir gesagt hast, war: *Du machst aus deinem Leiden immer gleich Weltuntergang, gleich Blut, gleich Kunst. Es gibt immer noch Hoffnung, hörst du? Nur nicht für uns.*
Am liebsten hätte ich dich damals angeschrien: *Wenn ich dich liebe, was geht dich das an?*
Aber irgendwann bin ich doch einfach gegangen. Und plötzlich stand da eine unsichtbare Ampel an jeder Straßenecke, an der wir uns schonmal getroffen haben und an der ich – bevor mich der Verkehrslärm weckte – jedes Mal stehenbleiben musste, um zweimal nach rechts und links zu sehen, ehe ich weiterhastete, als wäre ich aus einem bösen Traum aufgewacht.

Du warst zufrieden. Ich war all die Anrufe um fünf Uhr nachts.

Die ersten zehn wollte ich schauen, ob du wirklich nicht drangehst, und danach nur noch fragen: *Wo warst du in der Nacht, in der ich zum ersten Mal so getan habe, als würde ich gar nicht an dich denken?* Ich hab versucht, dich aus meinem Kopf zu trinken und aus meinem System zu spülen, bis ich wusste, du wärst stolz auf mich, wenn du wüsstest, wie wenig ich jetzt noch fühle.
Wo warst du, als ich nachts um drei einfach an deiner Straßenecke liegenblieb, und du musst

doch wissen, dass ich immer noch jeder Silhouette zuwinke, die deiner nur ein bisschen ähnlich sieht?
Nach dem dreiundzwanzigsten hast du geschrieben: *Weißt du eigentlich, wie verrückt du bist?*
Und ich hoffte, die Frage hieß, dass du mich auch vermisst.

Ich starrte dir noch nach, als du schon lang wieder hinter ein paar Häuserecken verschwunden warst, und ich hatte schon verstanden, dass ich nie die Liebe deines Lebens war, aber erst in dem Moment fiel mir auf, wie lange ich noch über unser Leben erzählt hatte, als wäre deine Liebe noch für mich da.
Ich bin mir sicher, du hast dich wieder verliebt. Und sie wird dir so oft die Wahrheit sagen, wie du zu mir meintest, du könntest meinen Drang zu Lügen nicht verstehen.
Ich würde gerne wissen, ob du in dem Moment schon wusstest, dass du lügst, als du meintest, irgendwann würde ich aufhören können, mich nach dir umzusehen.
Ich meine, ich saß in Cafés und habe es geschafft, ein paar Tage am Stück nicht nachzuschauen, ob du geschrieben hast. Ich habe mich frei gefühlt und so allein und ab und zu hab ich auch mal gelacht. Ich habe auf ein Wunder gehofft und auf billigen Wein, ich habe stattdessen mit Männern geschlafen, aber nachts um drei lag ich alleine wach.

Ich habe Menschen gefunden und wieder verloren, ich habe in ihnen nur noch Schablonen vertrauter Personen gesehen. Ich habe gelernt, dass ich auf einen anderen Kontinent fliegen kann und trotzdem noch denke, ich sehe uns dort am Straßenrand stehen, und da wurde mir klar, dass es egal war, ob ich dort suchte oder hier, wenn alle Pärchen, die ich fand, nur eins waren: nicht wir. Ich habe mich oft daran erinnert, wie du meintest, die besten Träume erlebt man mit offenen Augen, aber meine sind immer noch zu. Ich habe so viele Menschen gesehen.
Aber keiner dort war du.

Lucky Strike

Gestern Abend haben wir uns ausgezogen und uns dabei nicht angesehen. Was immer heißt: Alles, was wir getan haben, könnte auch ein Traum gewesen sein. Dabei wissen deine Hände inzwischen, wo sie hingreifen müssen und was du da erwarten kannst.

Das mit dir fühlt sich immer mehr nach Erster Hilfe als nach Liebe an. Du findest meinen Puls und bringst mich zum Wimmern, als bräuchtest du unseren Atem als Beweis dafür, dass wir noch am Leben sind. Liebe ist blind, aber jedes Mal, bevor du kommst, schreibe ich dir Buchstabe für Buchstabe in die offene Hand, bis du weißt, was ich meine.

Wir essen die Früchte und trinken den Wein.

Ich will, dass unsere Gedanken Schatten sind, die an der Wand ineinander übergehen.
Du glaubst, was wir tun, ist schlecht, aber dass wir uns zusammen besser machen. Und ich nicke, weil ich weiß, was du vergisst: Nur weil du versuchst, ein guter Mensch zu sein, heißt das noch lange nicht, dass du kein schlechter bist.
Ich will, dass du mich so nah wie möglich küsst.
Ich will schauen, was bei mir geschwollen und was bei dir verknöchert ist. Ich will all unsere unsichtbaren blauen Flecken mit den Fingerspitzen abtasten, um zu spüren, wann deine Erinnerungen aufhören und wo wir anfangen.
Ich will, dass wir beide wissen: Die Zeit heilt, aber sie heilt manches falsch zusammen.

Am nächsten Morgen liegt uns Liebe im Mund wie Kirschkerne und wer zuerst spuckt, hat verloren. Ich bin mir nicht mehr sicher, ob ich das Schlüsselloch noch treffen würde, also hoffe ich, dass die Tür einfach von alleine irgendwann nachgibt.
Du liegst neben mir und achtest darauf, mich nicht anzuschauen, also halte auch ich meine Augen auf dem Fensterrahmen und versuche, mich daran zu erinnern, was gestern noch irgendwie anders war. Ich will dir von dem Kamasutra-Text erzählen, den ich nur für dich geschrieben habe, aber der Himmel wird erst hell und es fühlt sich

jetzt schon an, als wäre es für irgendwas zu spät. Es gibt da eine Maske, die du trägst, um geküsst zu werden. Ich glaube, die hast du jetzt abgelegt. Wenn wir morgens immer noch einen Moment so liegenbleiben, dann nur weil da noch kurz jemand ist, der Acht auf unseren Atem gibt.
Vielleicht waren wir doch von Anfang an mehr verloren, als verliebt.
Wenn ich neben dir aufwache, will ich immer fragen: »Was glaubst du, wie weit sind wir davon entfernt, gute Menschen zu sein? Wann ist die beste Gelegenheit, um ‚Ich liebe dich vielleicht nicht' zu sagen, und: kennst du das, wenn du deine Gefühle an einem sicheren Platz aufbewahrst und dann nicht mehr weißt, wo du sie hingelegt hast?«
Ich will nicht die einzige Frau sein, mit der du schläfst, solange ich die einzige bin, die deine Narbe hinter dem linken Ohr bemerkt.

Seit kurzem fängst du immer irgendwann an, zu erzählen, und vielleicht sollte ich dir einmal sagen, dass ich gar nicht wissen will, wie euch dein Vater damals alleingelassen hat.
Ich halte dich trotzdem fest und streichle deinen gekrümmten Rücken und weiß, ich kann dir nur ansatzweiße Nähe vermitteln. Wenn wir unsere kaputten Herzen austauschen, dann ist das nichts anderes als Schrottwichteln.

Du sagst, ich zieh die traurigen Männer an, aber ich glaube, du suchst immer nur nach Menschen, denen du dich zumuten kannst, ohne dass sie unter dir zusammenbrechen, und ich habe weiß Gott schon andere Dinge getragen.
Ich sage dir, du sollst dir keine Vorwürfe machen. Und dass Prinzipen etwas für satte Menschen sind. Ich sage dir, dass es nach sieben Tagen Regen immer sieben Tage Sonnenschein geben wird, und ich zeige dir die Stelle, die dann nicht mehr wehtun wird.
Ich will dein Gesicht zwischen meine Hände legen, bis du nicht mehr den Drang verspürst, dich sofort rückwärts zu bewegen und wegzurennen. Ich will, dass du weißt, dass du jeden Umstand verdient hast, den andere für dich eingehen.

Wenn wir nicht wissen, was wir brauchen, graben wir mit beiden Händen alles aus uns raus und lassen es vor dem anderen liegen. *Sortier du meinen Scheiterhaufen.*
Bring mich zusammen. Gib mir eine Richtung, wirf mir einen Blick zu. Mach mir eine Andeutung, wer ich bin. Du machst alles ein bisschen weniger schlimm. Du bleibst Schadensbegrenzung, bleibst Übergang. Das ist keine Liebe, aber ich komm auch für die Schatten an der Wand.

Wir bleiben in dieser Unverbindlichkeit, in der alles zwanghaft ungezwungen ist, und das nur weil ich mich weigere, den Unterschied zwischen Zuneigung und Liebe zu lernen.

Es tut mir leid, dass ich in dir mehr Zunge als Mensch sehen will und dass ich immer weiß, was du mit mir verpasst.
Es tut mir leid, dass ich deiner Freundin in derselben Unterwäsche gegenüberstand, die du später mit einer Hand zur Seite geschoben hast.
Es tut mir leid, dass du immer nur eine Überlegung bleibst, ein Versuch, wieder Heimat zu finden. Es tut mir leid, dass ich dir nie alles erzähle und dass ich immer noch nicht weiß, wie man sich am Telefon meldet, ohne distanziert zu klingen. Es tut mir leid, dass du alles aufgegeben hast für jemanden, der Kaffee wie Wasser trinken kann und trotzdem müde bleibt und der die Schranktüren jedes Mal abschließt, bevor du kommst. Es tut mir leid, dass wir zusammen duschen, als wäre es eine Entschuldigung. Und dass ich einmal meinte, dass ich den Rest meines Lebens von dir angeschaut werden möchte, als ich nur froh war, dass mich überhaupt jemand sieht. Es tut mir leid, dass ich immer noch denke, das einzig Gute an dir sind deine schlechten Witze.
Es tut mir leid, dass ich jedes Mal von deinem Teller esse und dass ich außer Weingläser kein Geschirr besitze.
Es tut mir leid, dass deine Nummer anzurufen immer nur ein Kompromiss ist, um nicht Schlimme-

res zu tun, und dass ich immer nur so getan habe, als hätte ich das Ende nicht schon vorher gewusst. Es tut mir leid, dass ich deine Finger auf meine Brüste gelegt habe, um zu schauen, an wen ich dabei denken muss.
Ich hoffe, wir können irgendwann zurücksehen und unter dem, was wir aus uns gemacht haben, nicht mehr »Liebe« verstehen.

Ich weiß nicht mehr viel von dem Abend, an dem wir uns kennengelernt haben.
Keine Ahnung, ob wir uns ähnlich waren oder ob wir nur Ähnlichkeiten aneinander gesucht haben, und vielleicht war unsere einzige Gemeinsamkeit die, dass wir beide auf der Suche nach Gemeinsamkeiten waren.
Wenn mich sonst nichts mehr berühren kann, dann lasse ich mich anfassen.
Ich weiß, vor was meine Mutter mich früher gewarnt hat, aber was soll ich ihr sagen, wenn ich die fremden Männer bei mir mitgehen lasse?
Ich lüge zwanzig Mal am Tag und du sagst aus Prinzip nur die halbe Wahrheit. Ich finde, wir waren doch ganz süß zu zweit. Und als ich einmal meinte, dass wir uns vielleicht noch nicht so richtig kennen und du doch immer noch fremd bist für mich, meintest du, das ist gut, weil mit seinem Seelenverwandten kann jeder schlafen und dass das ja auch ein bisschen Inzest ist.

Sie bekommt deine Versprechen und ich seitdem die Momente, in denen du sie brichst.

Vielleicht werden wir irgendwann erwachsen, aber wir versuchen unser ganzes Leben lang, Decken über Stühle zu spannen und andere in unsere Räuberhöhlen einzuladen.
Ich wollte deinen Halshafen, deine Armbeugenbucht und da waren immer noch Clubs, die offen hatten.
Du meintest einmal: *Schicksal ist Zufall, dem wir eine Bedeutung geben.* Und dass sich Menschen, die ähnlich denken, immer an denselben Notausgängen wiedersehen.
Du liefst vor jemandem weg und ich kam dir entgegen. Das Schicksal musste am Anfang viel für uns geradestehen. Das Schicksal hat sich nie gewehrt, wenn wir ihm fremde Worte in den Mund legten, und wir sind so gut darin geworden, Verantwortung abzugeben.
Wir bleiben eine Geschichte, die wir unter Pseudonymen schreiben. Wir beide bekommen nicht mal unsere Initialen auf die erste Seite. Wir bleiben verschont, wir müssen keine Konsequenzen tragen. Wir konnten unsere Fingerabdrücke immer verschmieren.
Lass das für andere wie Feigheit aussehen, wir nennen es Religion und ich will den Glauben nicht verlieren.
Du kannst dich von jedem Land aus in meine Leitung verwählen und ich werde immer rangehen

und sagen: »Komm, leg dich in mein Bett, ich halte dir die Augen zu und lasse dich noch einmal bis tausend zählen.«

Ich werde dich nicht so kennen, wie sie dich gekannt hat.
Ich bin nicht die erste Wahl und vielleicht erleichtert mich das. Ich verliebe mich in deine freizuhaltenden Treppen, in dein »Reserviert«-Platzkärtchen, in den Ring an deinem linken Finger, in dein Parkverbot. Sag ihr, ich will dich nur bei rot.
Und sie muss sich keine Sorgen machen.
Ich weiß doch, wie voll unsere Herzen schon waren, als wir uns erst kennengelernt haben. Wenn sie es irgendwann herausfindet, dann kannst du ihr ja sagen, dass das, was du am meisten an mir mochtest, nur war, dass ich nicht mehr in Anspruch genommen habe.
Und dass ich verstehe, dass du bei ihr bleibst, weil sie dich liebt und ich dich nur brauche. Sag ihr, ich bin nicht halb so hübsch, und sag ihr, dass ich, seitdem du mir die Geschichte erzählt hast, auch *Lucky Strikes* nicht mehr rauche.
Wenn du so tust, als hättest du mich nicht geschnitten, werde ich so tun, als würde es nicht bluten.
Ich weiß, es gibt Menschen, die ihre Handflächen auf die Schmerzen pressen und sich nur noch darauf konzentrieren, aber ich verspreche dir, ich, ich bin inzwischen gut darin, meine Ärmel über

Wunden zu ziehen und so zu tun, als würden sie nicht existieren.
Ich glaube dir, wenn du sagst, dass »Ich liebe dich« zu sagen eben einfacher ist, als einen Teelöffel Zimt zu schlucken. Du hast beides schon ausprobiert und du hattest immer Recht in solchen Dingen.
Wenn wir am Telefon schweigen, ist das in Ordnung, weil ich weiß, dass wir beide nicht wissen, wie man »Ich vermisse dich« ausspricht, ohne wie ein Klischee zu klingen.
Irgendwann wird das, was wir uns geben können, nicht mehr ausreichen. Und dann? Du zögerst, als hättest du vergessen, dass ich, besser als jeder andere, Tabletten trocken schlucken kann.

Ich will dir sagen: Ich wäre schon lange gegangen. Den Tag, an dem ich gemerkt habe, dass es besser ist, nie wieder Versprechen zu geben, habe ich im Kalender rot markiert. Seitdem sind Freitage die Anfänge von Gleichem geworden. Seitdem hat mein Leben alle seine rechten Winkel verloren. Seitdem war ich nicht mehr offen für alles. Seitdem verhandeln meine Gefühle unter Verschluss.
Ich wäre schon lange gegangen. Aber du hast mein Herz so oft betastet, dass die Schrift darauf nicht mehr zu sehen ist und kein Fremder mehr wüsste, wie man es bedienen muss.

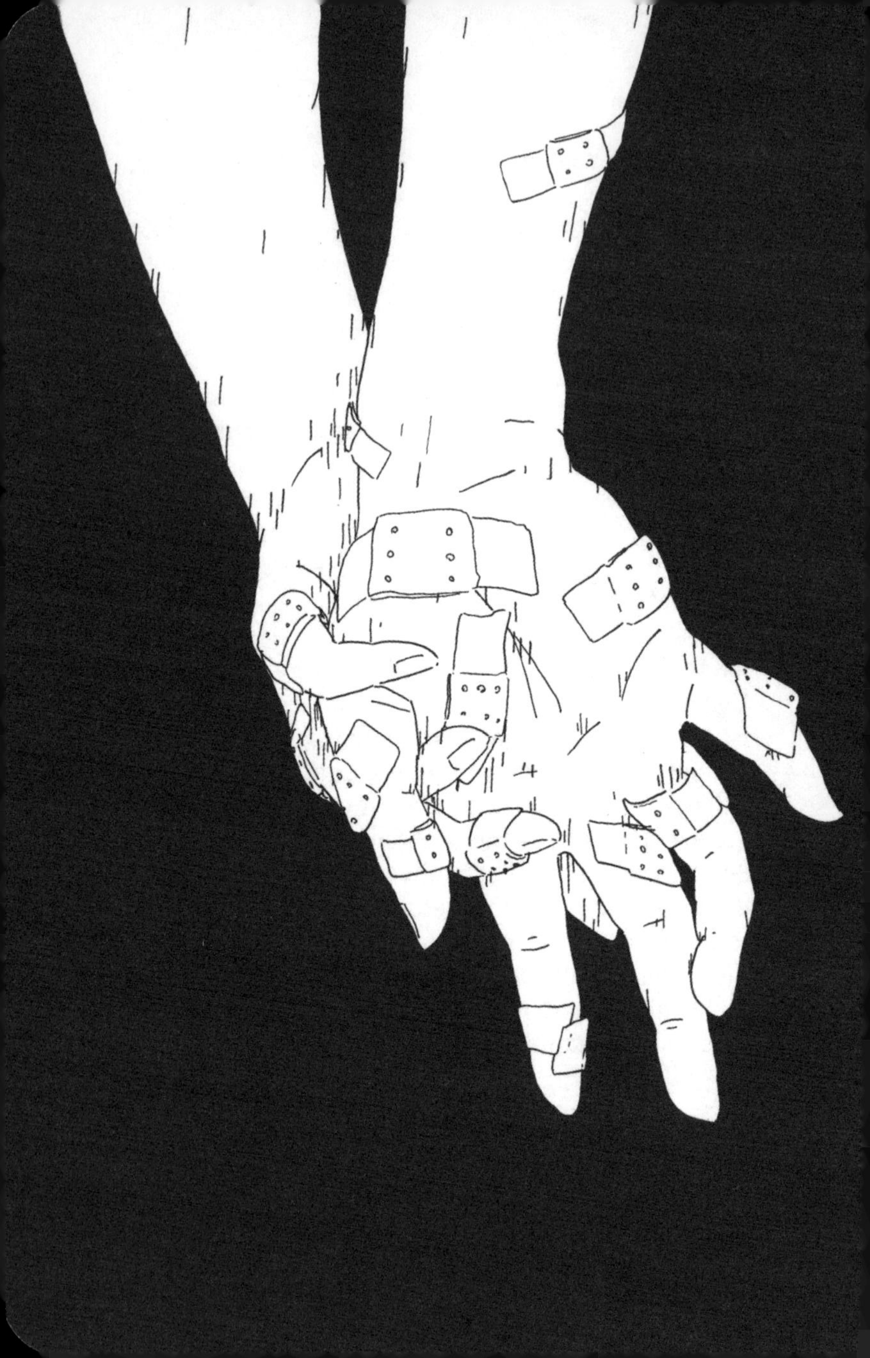

Kamasutra

Ich weiß, du hast die ganzen Fotoalben, die deine Mutter dir zum achtzehnten geschenkt hat, in einem Karton auf die Straße gestellt, also habe ich mir etwas anderes ausgedacht, woran du dich vielleicht lieber erinnern magst.

1. Position
Ich über dir. Ich kenne deinen Zweitnamen. Ich weiß, als Kinder haben wir den sicheren Platz beim Fangen-Spielen beide »Botte« genannt. Du gräbst mit beiden Händen in meinen Wunden, aber ich bleibe die mit dem Salz in der Hand.

2. Position
Du hinter mir. Die Tattoos auf deinen Armen als Warnhinweis auf meiner Sucht. Du erinnerst dich an Liebe und ich verwechsle dich mit Lust. Wenn du dich danach anziehst, mich nicht anschaust, die Tür hinter dir zuziehst und gehst, sind das vier Gründe, dich zu heiraten.

3. Position
Wir, ineinander. Nach einem Bier suche ich deine Blicke auf meinen Lippen, nach einer Flasche Wein lasse ich deine Zunge an mein Herz. Da ist ansonsten nur noch meine ständige Angst, zu versagen. Einmal habe ich mir die Haare geschnitten als Versuch, ein paar kaputte Enden weniger mit mir rumzutragen.

4. Position
Du meintest, es steht mir nicht.
Zum Geburtstag schenke ich dir ein Tabu-Kartenset mit den Namen deiner Ex-Freundinnen.

5. Position
Wir duschen solange, bis das Wasser kalt wird. Wir gehen fröstelnd ins Bett, du legst deinen Kopf zwischen meine Beine, als wolltest du dort überwintern, und meinst: *Ich war schon immer nah am Wasser gebaut.*

6. Position
Ich unter dir. Wir haben keinen Pärchensex, wir haben einen Dreier mit meinen Zukunftsängsten.

7. Position
Wir, nebeneinander. Zu Weihnachten schenkst du mir ein Navigationssystem, dass du mit deiner Stimme eingesprochen hast. Eine Woche später kaufe ich mir ein Jahresticket für die Bahn.

8. Position
Wir, getrennt. Ich schicke dir einen Screenshot mit meiner leeren Notrufnummerliste, als wäre es eine Urkunde und ein Beweis dafür, wie gut ich ohne dich lebe. Was ich dir nicht sage, ist, dass dein Name immer noch als erster Vorschlag angezeigt wird, wenn ich deinen Anfangsbuchstaben in meinem Handy eingebe.

Nachtnotizen

22:00 Uhr
Keine Angst, du kennst mich immer noch. Ich werde traurig, nicht anders. Zuhause weißt du doch auch immer noch im Dunkeln, wie du laufen musst.

22:42 Uhr
Mein Herz ist ein Exhibitionist.
Wenn ich auf die Liebe trinke, dann meine ich damit Komasaufen.

23:13 Uhr
Deutschsein: Dein Handtuch vorsichtshalber über mein Herz legen und dann erst nochmal die Umgebung erkunden.

01:42 Uhr
Mein Herz ist ein Ladenhüter geworden.
Alles, was wir gewinnen, wenn wir uns aus den Augen verlieren, ist Zeit, die ich lieber mit dir verbracht hätte.

02:15 Uhr
Ich bin auch so jemand, der ein »Nein« als Antwort immer noch als Frage formuliert.

02:44 Uhr
Mein Inneres ist eine Autosirene, die man nur einmal versehentlich anrempeln muss, um falschen Alarm auszulösen. Und dann läuft sie drei Stunden lang und der Besitzer kommt nicht. Niemand kommt.

03:17 Uhr
Unsere Liebe als Kampfsportart und wir tauschen die Ringe.

03:19 Uhr
Meine Melancholie ist neu, jetzt auch in wasserfest.
Schwermut ist auch Mut, ihr Ficker.

03:21 Uhr
Zu Weihnachten wünsche ich mir, endlich den ganzen Schmerz an all den Orten zu spüren, an

denen mein Körper über die Jahre taub geworden ist.

03:25 Uhr
Krampfhaft versucht, verliebt zu bleiben.
Dabei sind wir schon längst keine Metapher mehr sondern noch eine Redensart, die ihre Bedeutung verloren hat.

04:00 Uhr
Ich will nur dann mit dir reden, wenn ich dir nichts zu sagen habe. Ich würde alles tun, um zu verhindern, dass ich dir wichtig werde. Ich bin zurzeit weder zuverlässig noch berechenbar.
Und ich will, dass dir das egal bleiben kann.

04:10 Uhr
Mein Selbstbewusstsein habe ich nur geliehen, das gehört mir nicht. In Wahrheit glauben wir beide nicht an mich.

05:01 Uhr
Es gibt einen Kurzbefehl um mich zu öffnen und die Kombination der Tasten wird immer beliebiger.

05:16 Uhr
Gott, bist du blöd, mir das Herz zu brechen, wenn du doch darin lebst.

07:10 Uhr

Ich habe eine Kindersicherung an meinem Herzen. Diesen Druck-Dreh-Verschluss von verschreibungspflichtigen Medikamenten bekomme ich betrunken auch nie auf.

Einmal im Monat mache ich Krankenbesuche bei den Menschen, die den Deckel ignorierten, die Flasche auf den Boden schmissen und die Warnfarbensuppe zusammen mit den Scherben vom Boden leckten.

»Ich liebe dich« sprechen wir alle in einer anderen Sprache aus.

Alchemie

I.

Ich bestelle Kaffee, schwarz, aber mir ist egal, was ich damit ausdrücken möchte. Mir ist es egal, was du damit ausdrücken willst, wenn du mich dabei beobachtest, wie ich mit der Tasse meine Lippen berühre. Mir ist es so egal, dass ich den Gedanken nicht einmal zu Ende führe.
Was soll ich dir auch sagen, außer dass ich die Gegenwart immer noch wie unter Wasser spüre?
Du deutest mein Schweigen falsch und fängst an, zu erzählen, und ich weiß, ich kann keinen Anspruch mehr stellen, von dir richtig interpretiert zu werden.

Du sagst, ich hab dir gefehlt und meine Fähigkeit, alles Beängstigende abzuschalten.
Ich sage: Du hast mir auch gefehlt und ich hab mich lange danach gesehnt, wieder Bände zu sprechen, aber nicht mehr die alten.
Ich habe lange die Person gehasst, die deine Abwesenheit aus mir gemacht hat und die mich dazu gebracht hat, nachts zu tanzen und irgendwo rumzustehen, nur weil ich dachte, du könntest mich sehen und erkennen: Ich bin noch hier, ich bin zwar ein Wrack, siehst du, aber eins mit roten Lippen und abgestimmtem Nagellack.
Du warst nie da. Nicht im Club, nicht mehr in der Stadt oder im selben Land, aber da war immer noch ein Wortfluss in meinem Kopf, den du nie gehört oder einfach nicht verstanden hast.
Ich wollte so lange, dass du kommst, um mir einen Kuss auf die Wange zu drücken und zu sagen: *Ich weiß, ich war lange weg, aber hier bin ich und zwar nur weil ich dich auch vermisse, und du siehst toll aus mit den roten Lippen.*
Ich hätte dir so lange alles verziehen. Ich hätte gesagt: *Kein Problem, wenn du dich nie meldest. Kein Ding, wenn du einfach immer wieder verschwindest. Du warst ja hier in jedem wichtigen Moment. Ich habe dich immer noch gesehen.*
Mich beängstigt, was ich aufgegeben habe, um geliebt zu werden. Und zu wem ich alles geworden bin.

Ich wusste es schon früher besser, aber da habe ich noch nicht auf mich hören müssen. Als du mehr Messer als Mensch warst, ließ ich meinen Mund bluten, nur um dich stumpf zu küssen.

II.

Mein *Ich brauche dich* war dein Tinnitus. Das Einzige, was ich wusste, war, dass es mir nichts ausmacht, passiv zu rauchen, und dass es für dich in Ordnung war, mein Herz nikotingelb zu färben. Du hast dich immer weiter von mir entfernt. Manche rennen, um zu flüchten, und an den besten Tagen dachte ich, dass du rennst, um eingeholt zu werden.

Ich wäre Unkraut geblieben, um dir ans Herz zu wachsen. Eine Weile hast du über mich geschrieben und in der Zeit klangen alle deine Geschichten abgeschmackt. Ich will nicht wissen, was das über mich aussagt, dass du die Klischees mit dem Regen, den Zigaretten und den traurigen Mädchen nie ganz weggelassen hast. Ich wusste, dass es vorbei war, als du Erich Fried zugeklappt gelassen hast und stattdessen über dem Trägheitsgesetz hängengeblieben bist: Ein Körper bleibt nur dann in Ruhe oder in einer gleichförmigen Bewegung, solange die Summe der auf ihn wirkenden Kräfte gleich null ist.

Vielleicht wäre das ein guter Satz gewesen, um mir zu sagen: Hey, selbst Newton hat es besser gewusst als wir beide.
Und wenn Newton recht hatte, wenn wir nie zur Ruhe kommen und uns nichts für immer bleibt, dann hätten wir das doch gar nicht erst probieren müssen mit meiner Vorstellung von Ewigkeit.
Dann hätte ich schon vor dem Anfang aufhören können, die Versprechen aufzuzählen, die mir damals aus dem Mund gefallen sind wie Milchzähne: *Du bekommst jede Art von Liebe, zu der ich fähig bin. Ich bleibe dein unzulänglichstes Verbrechen. Wenn du mich lässt, dann werde ich für uns beide geradestehen.*
Wenn du mich lässt, dann werde ich das Wort »Liebe« für uns beide aussprechen.

Ich wollte einfach nicht alleine für mich zuständig sein. Nichts kann einsam so einfach sein, wenn da keine Hand mehr ist, die man halten und der man überallhin folgen kann. Ich hab es ausprobiert, aber man kommt nicht durch, wenn man seine eigene Nummer wählt. Ich dachte wirklich, du könntest jetzt nicht einfach gehen. Ich hatte dir noch gar nicht alle Lügen erzählt.

III.

Du willst wissen, was passiert ist, nachdem du gegangen bist?
Du hast dich aus meinem Herzen ausgesperrt und dann sind wir beide nicht mehr reingekommen.

In deiner Abwesenheit fühlte sich jede durchgetanzte Nacht, jedes Treffen, jede Flucht und jeder andere Mann nur nach einem weiteren Umweg nach Hause an.
In deiner Abwesenheit war ich diejenige, die mich aufgesammelt hat. Zuerst bist du gegangen und dann habe ich mich weggetragen. In deiner Abwesenheit musste ich konstant versagen, konstant verlieren, es gab Momente, da dachte ich, es wäre für mich unmöglich, ohne deine Existenz in meinem Leben zu existieren.

Als ich deinen Mund schon nicht mehr wollte, wollte ich immer noch deine Anerkennung für das, was wir waren. Stell dir vor, ich habe mein Herz auf stumm gestellt, aber dabei vergessen, dass es auch vibrieren kann. Stell dir vor, ich bin immer schneller um meine Einsamkeit gekreiselt, bis mir egal war, wie nah ich dabei der Tischkante kam.
In deiner Abwesenheit sind mir die ganzen letzten Reste aufgefallen, die du noch von dir übriggelas-

sen hast, und wie schlecht du darin warst, hinter dir aufzuräumen.
Da war immer noch ein letzter Schluck Wasser im Glas, ein Löffel Marmelade, eine zu kleine Portion Mittagessen, zerknüllte Pfandflaschen, halb leeres Aftershave und deine Haare in allen meinen Ecken. Obwohl du selbst weg warst, sah ich überall noch deine Handschrift auf meinen Etiketten.
In deiner Abwesenheit bin ich in jeder Hinsicht zurückgefallen. Ich musste ja weiterhin all die Orte pflegen, die dir plötzlich nicht mehr wichtig waren. Ich habe mir monatelang beim Verwildern zugesehen. Ich lag in Fötushaltung in meinem Bett und habe meine Mutter nicht vermisst. In deiner Abwesenheit ist niemand von mir schlechter behandelt worden als meine Erinnerung an dich.
In deiner Abwesenheit erzählten mir Fremde immer von ihren viel schlimmeren Verlusten.
In deiner Abwesenheit habe ich noch solange an dich geglaubt, obwohl ich wusste, dass Menschen sich für solche Selbstzweifel schon Götter erfinden mussten.
Ich habe lange nicht aufgehört, Teile von dir wiederzufinden.
Am Anfang waren das noch jede Menge Kondome in den Sofaritzen und der Beginn ohne Pointe von Insiderwitzen und unsere Initialen in zwei Obstbaumrinden.

Und dann war da immer häufiger die Erinnerung an einen Bauch, der sich nicht anspannte, wenn man in ihn hineinschlug, und Glasscherben zwischen zwei Kissen und dem frischgewaschenen Bettbezug.

In deiner Abwesenheit habe ich dir so lange geschrieben, bis mir bewusst wurde: Irgendwann vermissen wir uns länger, als wir uns lieben. In deiner Abwesenheit habe ich deinen Namen so oft wiederholt, bis er sich irgendwann wie der Titel eines Kinderbuchs angehört hat. Ich bin tagelang durch die Straßen gestolpert und dachte: Mein rechter, rechter Platz ist leer und wird nicht mehr besetzt werden. In deiner Abwesenheit habe ich immer diesen rechten Platz mit mir rumgetragen, immer freigehalten, immer gesagt: »Hier ist schon reserviert, tut mir leid, da kann sich niemand hinsetzten, ja, ich warte noch auf jemanden.« Ich habe so lange auf dich gewartet und gewusst, dass konsequenterweise alle, die mir nach dir nahestanden, immer noch einen Platz weit entfernt saßen.

IV.

Jetzt sitzt du vor mir in dem Café und ich weiß, du hoffst, dass ich auch verloren bin.

Wenn du dich entschuldigst, weiß ich doch trotzdem noch genau, was du nicht zurücknimmst. Ich bin inzwischen weit weg von der Definition von mir, die dir vertraut vorkommt. Du möchtest in mir immer noch das traurige Mädchen sehen und die Bedürftigkeit hören in allem, was ich sage, aber du schreibst mir nicht mehr vor, was ich darzustellen habe.

Du hast recht, ich vertraue immer noch jedem alles an und verlasse mich dann auf niemanden.
Ich vermisse es, von dir gekannt zu werden.
Aber ich würde nicht zurückgehen wollen in die Zeiten, in denen ich keine andere Definition von Liebe kannte, als die blauen Flecken über dem Puls an meinem Handgelenk, in denen mir Schmerz unwichtig war, solange das hieß, dass jemand an mich denkt.
An den schlechten Tagen glaube ich, dass ich nie ganz damit fertig geworden bin, dich zu vermissen. Ich werde irgendwann Lippen haben, denen man ansehen wird, wie viel sie schon geschmeckt haben müssen.
An den schlechten Tagen will ich dir immer noch als Erstes davon erzählen, wenn ich jemanden kennengelernt habe. Und dir versichern, dass ich dich dabei nicht vergesse.
An den schlechten Tagen weiß nur ich, dass ich dich fast in CC setze, damit du merkst, was du in deiner Abwesenheit alles verpasst.

Schau, auf wie viele Arten ich mich für dich nackt gemacht habe, und wenn du sagst, dass ich mich nie für dich angestrengt habe, sage ich dir, dass mir nackt sein nichts ausmacht. Dir hätte ich all meine Versprechen gegeben und ich bin dir dankbar dafür, dass du sie nicht eingefordert hast.

Schau, du wusstest doch, ich habe schon viel überlebt, aber ein Teil von mir nicht dich.

Wenn ich Kleidung drüber anziehe, sieht man die Prothese nicht. Lass uns auf eine saubere Amputation anstoßen. Auf eine gut verheilte Wunde. Du kannst Newton haben, aber ich erzähle dir von Hennig Brand: Weißt du was, ich bin immer noch überzeugt davon, dass man aus schlechten Dingen auch mal Gold machen kann.

Du findest es herzlos, wenn ich an all unsere Erinnerungen noch Gedichte abringe. Ich finde, es ist Alchemie.

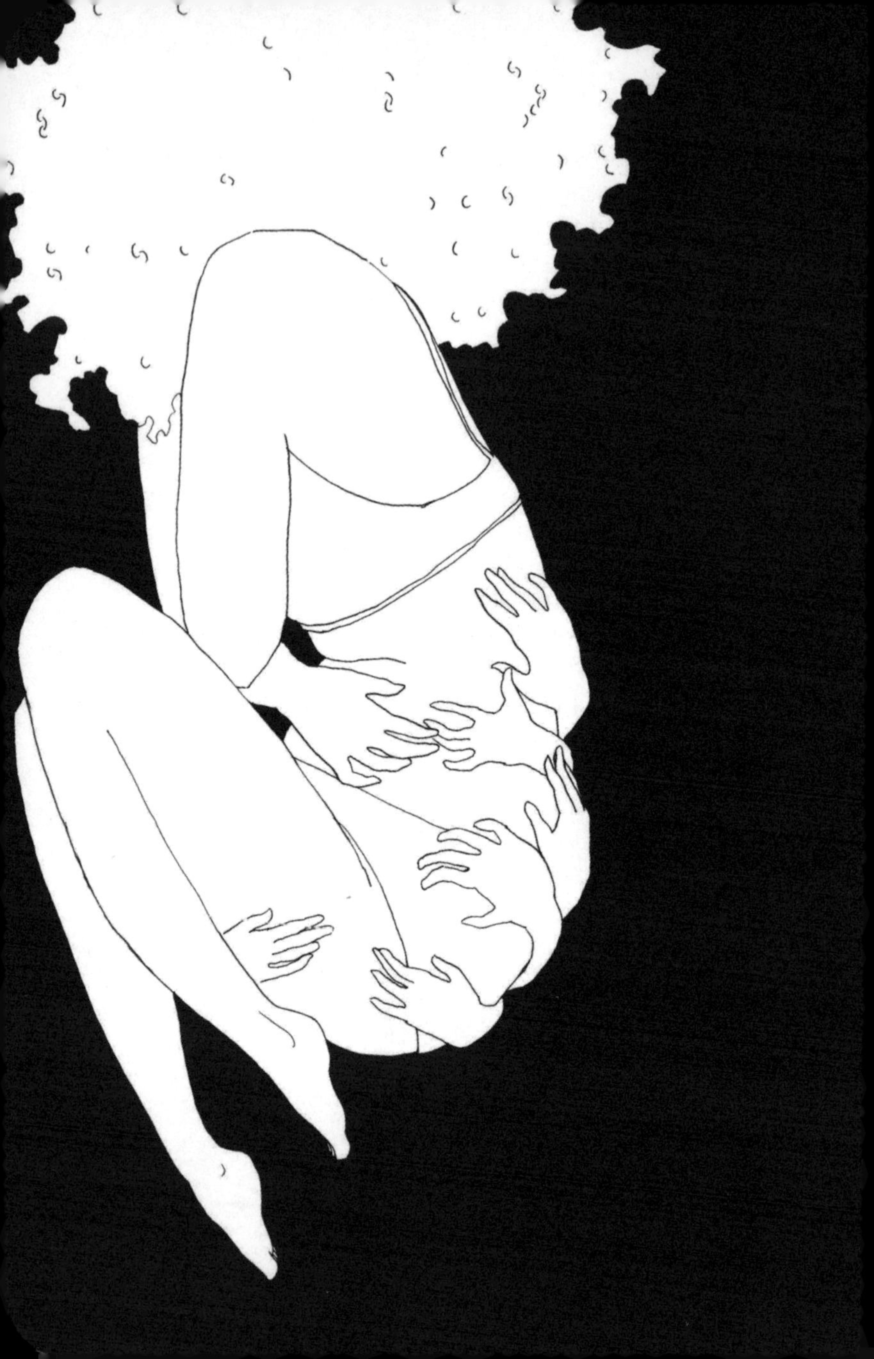

Über die Zeit, die es braucht

Gestern hat alles angefangen. Da lag ich nachts mit mir und meinem Körper zusammen und plötzlich ist die Zeit nicht mehr vorbeigegangen. Ich bin aufgestanden, hab das Zimmer verlassen, ich habe mir und meiner Haut die Hände gewaschen, ich hab mir mein Gesicht im Spiegel angesehen und alle haben gesagt, es wird vorbeigehen und besser werden, irgendwann. Oder: *Es wird schon nicht so schlimm*. Oder: *Wenn irgendwas passiert, ruf an.*

Ich habe niemanden angerufen, keine Nummern gewählt, hab mich nicht gemeldet und auch nichts erzählt, ich habe geschwiegen, beobachtet, bin zu Feiern gegangen und zu früh wieder verschwunden, ich habe es noch lange mit Gesprächen ver-

sucht, aber irgendwann habe ich mich nicht mal mehr in meinen eigenen Aussagen wiedergefunden.
Ich verbringe meine Nachmittage dort, wo die Uhr laut tickt und die Wände sonnengelb gestrichen sind und wo tatsächlich ein Sofa steht, als wäre mein Auftreten alleine nicht schon genug Klischee. Die Frau dort hört zu und fragt nach Menschen, die gingen und kamen.
Sie sagt: *Am Ärmsten sind die Einsamen.* Sie sagt: *Du wirst so ängstlich enden.* Sie vergleicht mich mit einem Felsen, mit leeren Spiegeln, mit qualmendem Rauch.
Was soll ich schon sagen? Ich fehle mir ja auch.

Am schlimmsten ist es, wenn ich gerade denke, dass es jetzt besser wird. Wenn ich die Melancholie mitten im Lachen wiederfinde, und wie sie mir immer vertraut sein wird, wie ein Kleidungsstück, ausgeblichen, verwaschen und passend, als hätte ich es schon zu lange getragen. Manchmal steht sie vor der Tür, ohne zu klopfen, und ich öffne ihr, ohne etwas zu sagen.
Manchmal ist sie ein Besucher, von dem ich gedacht habe, dass er schon längst gegangen wäre.
Der Schmerz wirft Steine gegen mein Herz und nennt es Romantik.
Ich kann meinen Magen mit Tabletten füllen, aber das bringt mich noch lange nicht zum Atmen. Ich

versuch es immer wieder, ich versuche, nicht jedes Mal abzusagen, rede mit Fremden, tanze zu neuen Liedern, es muss doch irgendwann ein Ende haben.
Am Anfang habe ich versucht, die guten Zeiten abzukapseln. Die guten Zeiten in Alufolie einzuhüllen und nicht mehr aus der Hand zu lassen. Die guten Zeiten krampfhaft dosiert zu schlucken. Anzufassen und festzuhalten, sie vor die Augen zu binden und im Ohr zu haben. Die guten Zeiten zwischen dicke Bücher zu pressen, die guten Zeiten wie Nadeln festzustecken, sie als Herz in jede Parkbank zu ritzen und in alle Rinden.
Weil ich schon ahnte, dass sie irgendwann verschwinden.
Manchmal war ich einsam, obwohl ein Knie mein Knie und eine Hand meinen Arm berührt hat. An guten Tagen lag eine Wimper auf meinen Wangen. Ich musste das Lachen erst vergessen. Ich musste noch einmal ganz von vorne angefangen.
Jeden Tag musste ich die einfachen Sachen wieder lernen. Aufstehen, wenn der Wecker klingelt, die Vorhänge aufziehen, die Dusche benutzen, das Geschirr abwaschen, mir die Zähne putzen. Wieder Luft kriegen. Nicht jedes Mal lügen.
Ich habe früher ganze Nächte lang durchgemacht und jetzt bin ich nicht mal mehr die Tage lang wach. Dic Leute sagen immer, dass es mich stärker macht, aber ich will nicht stark sein, nicht mehr

nur überstehen, nicht mehr alle erträglichen Tage an einer Hand abzählen. Wenn es ginge, würde ich einen einfacheren Weg zu überleben wählen.
An Freitagen zwinge ich mein kleines Herz dazu, mal wieder an die frische Luft zu gehen, aber es kennt mich zu genau. Selbst wenn ich meine Lippen rot anmale, schmecken meine Küsse noch blau.

An manchen Tagen musste es ausreichen, wenn die Symptome für Hirntumor nicht zutreffen. Wenn ich einfach noch nicht heute sterbe. Die Migräne, das Schlucken und Fettwerden. Alles, um zu heilen. Alles, um gesund zu werden.
Es gibt schönere Arten, das hier durchzustehen, aber das sind nicht meine. Es gibt vielleicht Menschen, die sind besser darin, zu überleben, aber von denen kenne ich keine.
Menschen, die nicht zwei Wochen brauchen, um sich wieder zum Duschen zu zwingen, die, die es schaffen, unangenehme Dinge einfach hinter sich zu bringen, Menschen, die schädliche Sachen eben bleiben lassen. Die abends immer den kürzesten Weg nach Hause nehmen.
Die nicht von einem Ort zum nächsten hetzen, weil die Plätze dazwischen beängstigend sind. Menschen, die immer so reagieren, dass sie ihr Verhalten im Nachhinein rechtfertigen können. Die alle Fehler machen, aber wenigstens nicht denselben wieder und wieder.

Die Lieder im Radio zu Ende hören, auch wenn sie damit irgendwas verbinden. Menschen, die an wichtigen Anlässen nicht ohne sich zu verabschieden verschwinden. Die, die immer noch einmal die Kurve kriegen. Menschen, die noch merken, wenn sie lügen. Die, die das vielleicht wirklich hilfreich finden, wenn jemand meint, man sollte sich doch einfach mal zusammenreißen.
Bei denen »Ich rauche nur, wenn ich traurig bin« nicht zwei Schachteln am Tag heißt.

Irgendwann werde ich lernen müssen, mit ein paar Wahrheiten zu leben:
Ich habe viele Dinge getan, und die meisten davon waren schlecht. Ich habe meine Versprechen fast nie gehalten. Und wenn ich richtig handelte, war das nicht immer echt.
Ich bin nicht seltsam, ich war nur selten so einsam.
Jetzt reicht es, wenn ich eine Stunde nach der anderen überstehe. Jetzt ist es okay, wenn ich heute nur lebe, nur einen Fuß langsam vor den anderen setze.
Wenn ich mich zumindest nicht absichtlich verletze. Wenn ich mich nach einem Gespräch nicht selber hasse. Wenn ich zwanzig Stunden am Stück im Bett liege und mir die Haare wachsen lasse.
Irgendwann werde ich die schlechten Tage einfach kommen lassen können. Die schlechten Tage aus

dem Abfluss ziehen wie einen Knoten Haare. Die schlechten Tage einatmen wie einen erträglichen Duft.
Die schlechten Tage unter den Mantel packen wie einen Schwall heiße Luft. Die schlechten Tage annehmen, auch an dunklen Abenden, an einsamen, an kalten.
Das Kinn im Kragen vergraben und die Luft anhalten.
Was ich jetzt verstehe: Den meisten ist es egal, wenn ich nicht da bin oder früher gehe. Ob ich zu viel oder gar nichts trinke. Es ist egal, ob ich in dieser Nacht mehr oder weniger rauche, ich weiß, dass nicht jedes »Nein« eine Erklärung braucht.
Irgendwann werde ich wieder zu viel von gar nichts essen und zu viel von allem durcheinandertrinken. Buslinien auswendig kennen. Manche schlechten Erinnerungen werden dann kaum mehr greifbar sein, unklar und verschwommen.
Manche Tage werden sich immer anfühlen wie Brause auf der Zunge liegen lassen bis die Tränen kommen.
Ich werde dann immer noch darauf warten, dass jemand kommt und sich ein Herz und mich an die Hand fasst.
Wenn manche Menschen nachfragen, antworte ich nur so viel, wie in ihre Handflächen passt.
Ich sage ihnen, dass ich müde bin, weil das am nächsten rankommt und weil ich es ja selber nie

ganz versteh. Die Essenz ist meistens: Es tut immer noch weh.

Zuversucht

Wie jeder andere auch weiß ich nie, was ich mit meinen Händen machen soll.
Meine Schwester hatte einmal gemeint, dass sie vorbeikommen würde, also lasse ich Obst in der Schale und unser Fotoalbum im Regal und ein Licht am Fenster, nur für den Fall.
Alle Anrufe gehen auf die Mailbox, aber in letzter Zeit ist es nur noch die Nummer meiner Mutter.
Das letzte Mal, als ich abgehoben habe, hat sie meine Stimme nicht gleich erkannt.
Da ist ein Loch in meiner Jeans und ich hab es nach ihm benannt, kann nicht aufhören, die Fäden zwischen den Fingern zu zwirbeln.
Ich wäre gerne jemand, der in edlen Restaurants alleine essen geht, aber für jetzt reicht es, darauf

zu achten, morgens nicht aus Versehen zwei Tassen Kaffee zu machen.
Ich versuche, weniger nach Einsamkeit auszusehen, schminke mir die Augen, lasse meine Haare glatt. Wenn ein Mann große Hände mit schlanken Fingern hat, darf er mich damit anfassen, und neuerdings sieht man mir das an.
Irgendwo reibe ich gerade Düfte in meine Haut: Vanille und Honig, weiße Rosen, Salz und Zimt. Als würde mich das weicher machen. Wenn Leute sagen, ihnen geht es gut, frage ich nicht nach, auch wenn ich weiß, dass das nicht stimmt.
Ich bin immer noch da, versprochen, aber ich kann jetzt auch mit anderen lachen.
Mit der Bäckersfrau und dem Mann vom Imbiss, und wenn die Bibliothekarin nicht zu beschäftigt ist, lächelt sie mir zu. Als wollte sie sagen: Schon wieder du? Was ich am meisten an ihr mag, ist, dass wir beide so tun, als würden wir unsere Schritte zwischen den Regalen nicht hören. Als würden sich die Menschen, die sich zu ungewöhnlichen Uhrzeiten an ungewöhnlichen Orten treffen, automatisch verschwören.
Ich habe Tage damit verbracht, Zettel zwischen die Seiten der Bücher in den hintersten Regalen zu stecken. »Hör auf, dich zu zerstören«, zum Beispiel, oder »Für immer ist gelogen« oder »Versuche bitte, dich nicht mehr mit deinen Geschwistern zu streiten«.

Ich habe einmal versucht, hier zu beten, aber ich glaube nur an die einfachen Dinge wie Koffein, Lippenstift, Notizbücher und Jahreszeiten.

Manche Dinge bereue ich, etwa dass wir nicht wussten, wie lange es braucht, um wieder zu heilen, und dass wir uns deshalb fast übermütig ruinierten, kaputt und erwachsen machten. Ich war nie mutig genug, um alleine zu sein, also habe ich andere Menschen benutzt, und das wäre ein Grund, länger wachzubleiben, aber ich schaffe es nie die ganze Nacht lang.
Ich kann mich nicht dazu bringen, die Klamotten vom Boden aufzuheben, aber letzte Woche habe ich meine Milchzähne in der Toilette runtergespült und das ist ein Anfang.
Ich versuche, mich an all die Menschen zu erinnern, die mir immer wieder nachgeschenkt haben, bevor mein Glas leer und mein Lächeln versetzt war, und alles, was zählt, ist, dass die Zahl sich durch drei teilen lässt.

Ich kann den Mann nicht vergessen, der mein Handgelenk für den Bruchteil einer Sekunde festgehalten hat, um sich die Uhrzeit einzuprägen.
Ich übe mich in den schwierigen Dingen im Leben, wie auf Fahrradständern zu balancieren, Zwiebeln zu schneiden, ohne zu weinen, und meine Schlüssel nicht zu verlieren.

Da liegen jetzt andere Finger auf meinen Knien und ich erzähle mir dieselben Lügen. Er ist verheiratet und mir ist das egal, ich will, dass das wehtut, also zähle ich, wie oft sich meine Lippen unter seinen Blicken gut anfühlen.
Ich zeige ihm die Kaffeemaschine und wie mein Wohnzimmer aussieht und ich zeige ihm, wie man mich auszieht, und ich lasse einen fremden Mund an meine Lippen, starre an die Decke und weiß, dass ich noch ein halbes Glas Kapern im Kühlschrank habe und eine Flasche Milch, und selbst die ist vergoren.
Manchmal bleibt er über Nacht und wenn das keine Liebe ist, weiß ich auch nicht weiter.
Wenn das keine Liebe ist, bin ich verloren.

Ich schlafe mit BH, manchmal mit Jeans, wache auf und reibe mir mit den Fingerspitzen die Wimperntusche von der Haut.
Am nächsten Tag kaufe ich nichts ein außer Katzenfutter, nur für den Fall, dass der Kater auftaucht.
Ich bin immer noch hier und manchmal überrascht mich das selbst. An guten Tagen kann ich sogar die Post wegbringen, zum Radio mitsingen und die Wäsche falten.
Ich höre zu, wenn alte Frauen im Bus von ihren verstorbenen Männern erzählen, und übe mich darin, Distanz zu halten. Irgendwo gibt es noch

eine Mauer in einer anderen Stadt, an der steht: Du machst mein Herz rot.
Wenn ich ihn nicht mehr vermisse, war ein Teil von mir tot.
Ich erinnere mich immer noch an alles, aber es sind keine offenen Wunden. Einmal ist mir nicht gleich sein Name eingefallen und für solche Momente wurde das Wort ‚Hoffnung' erfunden.
Ich zähle die Tage, an denen es schon schlimmer war.
Ich gehe in den Supermarkt und prüfe die Eier auf Risse. Nichts davon ist, wie es früher war, und darauf kommt es an. Ich wünsche mir die Namen aller Menschen, denen ich noch etwas vormachen kann, und die Adressen von denen, die ich noch mag. Meine Einkaufsliste ist nicht das einzige Liebesgedicht, das ich heute geschrieben habe, aber die Kassiererin tut so, als hätte sie das nicht gehört, und wünscht mir einen schönen Tag.
Ich habe seit Jahren niemanden mehr darum gebeten, länger zu bleiben. Wenn ich Gedichte verfasse, bleibt das Blatt meistens leer und ich könnte ich es nicht besser beschreiben.

Ich fühle mich den Menschen am nächsten, die dich aus Prinzip nie fragen, ob du gut angekommen bist. Die ihre Hand nicht auf meine Stirn legen, wenn ich sage, dass mir schwindlig ist.

Gute Omen

Ich bin im Zug auf dem Weg nach Hause und ich weiß jetzt schon, dass du nicht wissen willst, an wem mein Lippenstift schon klebt und was ich nachts am liebsten küsse. Natürlich werde ich nicht verrückt. Ich weiß, in unserer Familie hatten alle immer mehr Verstand als Glück.
Ich bin im Zug auf dem Weg zu dir und weiß, dass du mich immer noch nicht bei meinem richtigen Namen nennst. Ich weiß, dass ich, sobald ich den Raum betrete, wieder das Kind sein werde, dass nur du noch kennst.
Als Teenager habe ich Blumensträuße immer mit Liebe verwechselt und selbst jetzt, wo ich den Unterschied kenne, schaue ich beiden noch wochenlang beim Sterben zu und schaffe es nicht, sie

wegzuwerfen. Vielleicht ist das die Eigenschaft, die ich von dir geerbt habe.
Es wird immer Menschen geben, meintest du einmal, die dich für besser halten, als du es tatsächlich bist.
Und dass ich irgendwann merken werde, dass das keine Liebe, sondern Bequemlichkeit ist. Sie würden mir einen Vertrauensvorschuss geben, mich selbstständig nennen und sagen, auf mich sei Verlass. Wir wissen beide, auf mich hat schon Monate niemand mehr richtig aufgepasst, ich am allerwenigsten, und wie es dir wirklich geht, hat schon lange keiner mehr gewusst.
Du hattest recht, ich bekomme langsam eine Ahnung davon, wie oft man sich seine eigene Hand halten muss.

Seitdem ich ausgezogen bin, verlasse ich mich nicht mehr auf andere. Ich schlafe gar nicht mehr, und wenn, dann mit den falschen Leuten. Ich gebe keine Versprechen, ich breche meine Schwüre, ich rufe nicht an, ich melde mich nicht, ich frage nicht, wie es anderen geht, weil ich mich nicht mal nach mir selbst erkundige.

Ich wollte schon früher nach Hause kommen, aber ein Zuhause war seit Neuestem kein Mensch mehr, also blieb ich in meinen zwanzig überteuerten Quadratmetern und wusste nicht, wie ich den

ganzen Raum zwischen meinem und deinem Körper überleben sollte.
Ich wünschte, von nichts würde einmal wirklich nichts kommen und ich könnte die Tage einfach vorbeigehen lassen. Du warst immer die eine Person, an die ich glaubte, keine Fragen mehr zu haben. Weißt du noch, als ich zu deiner Definition von »schwierig« geworden bin?
Ich wollte alleine sein und du hast mich losgelassen, wir haben uns angeschrien, wir hatten uns nichts mehr zu sagen und jetzt bekomme ich schon seit Jahren nicht mehr die Vorwürfe, die ich von dir erwarte.
Du kommst auf mich zu und ich komme auf dich zurück. Du bist immer einen Schritt hinter mir. Ich weiß, du willst mir damit nicht zur Last fallen, aber wir wissen beide, dass ich der Großteil deines Fazits bleibe. Dass ich die Hälfte der einzigen Geschichte sein werde, die du in dreißig Jahren noch zu erzählen weißt.

Du meinst, das ist vielleicht das Privileg meines Alters, weder Heimat zu haben noch Heimat zu sein. Aber selbst an den guten Tagen kann ich nie etwas anderes als ein akuter Zustand sein. In meinen Alpträumen haben Wecker keine Ausschalt-Taste. In meinen Alpträumen hören die Handys nicht auf, zu vibrieren. In meinen Alpträumen springen die Ampeln zweimal pro Sekunde.

Du sprichst davon, dass man seine Vergangenheit verarbeiten muss, aber du musst verstehen: Mich haben bereits alle überholt, die ihre Erinnerungen lebendig begraben konnten. Alles ist ein Kompromiss, vor dem wir nicht gefragt wurden, ob wir bereit sind, ihn einzugehen.
Wir reden nicht über die Männer, denen ich meinen *Personal Space* circa bis zum Gaumenzäpfchen schenke. Denen ich mein Herz als Rettungsgasse verkaufe, aber am Ende warten keine Verletzten, die man vielleicht wieder gesundpflegen könnte.
Alles ist nur Übergang. Und ich habe Angst davor, dass ich meinen eigenen Kindern irgendwann beibringe werde, wann Centstücke Glück bringen, und dann keine Prägung auf ihren Tabletten finde, die man nach oben drehen kann.
Dass sie unter einer Liste von Ereignissen, die sich als gute Omen deuten lassen, die Dinge verstehen werden, bei denen am Ende aus purem Glück niemand stirbt.

Ich habe Angst davor, dass sie nach dem Essen verschwinden müssen, um die Asse, die sie im Hals stecken haben, in der Toilette runterzuspülen.
Und ich nur hoffen kann, dass das Herzass nie dabei sein wird.

Halim liegt wach

Halim meint, für ihn ist Zuhause jetzt, sich an kühle Mauern zu lehnen. Er meint, nur Sisyphos und er wissen jetzt, was es wirklich heißt, sich nach dem Gipfel zu sehnen, um endlich auszuruhen. Halbwach dösen, das kann er jetzt gut, das ist jetzt einfach nur er und sein Hemd und seine ungekämmten Haare, das ist jetzt nur er und ein Dach, unter dem er den Regen nicht hört, das ist jetzt nur er mit sich allein, das ist jetzt nur er, der meint, dass er selbst nachts nicht weint.

Das war mal mehr, versichert er mir, als nur er mit seinen Erinnerungen wie Schmirgelpapier, nachmittags um vier, in einem verregneten Café mit mir. Hier reden wir, als würden wir das schon

lange tun, als bräuchten wir nicht einfach nur ein fremdes Ohr, um darin unsere müden Worte auszuruhen.
Damit ich Fremden meinen Namen sagen darf, muss ich manchmal auch extra falsche Nummern wählen.
Ich glaube, ich habe Halim erst richtig angesehen, als er anfing, zu erzählen.

Das war mal mehr als nur der Ring an seinem Finger, meint er, und deutet darauf unter schummrigem Licht, und wir im Café in einer Stadt, die er nicht kennt, und wir in einer Stadt, in der selbst ich mich noch manchmal verrenne.
Das war mal sein Bruder und dessen Frau und ihre fünf Kinder, und die sind immer noch dort. Das war mal viel Geld, das ist jetzt verschuldet, für ihn, für hier, für *einfach-nur-fort.*

Ich starre auf meine leeren Hände und denke, das hier, das hier hab ich seit immer schon gehabt. Und das hier, das hatte ich schon immer irgendwie satt.
Das habe ich ihm nicht gesagt, wie oft ich schon in Cafés mit irgendjemandem gesessen habe und wie oft mir immer die gleichen Fragen im Kopf rumgingen in einer Stadt, die ich doch besser kenne, und in der ich mich immer noch in fremden Herzen verrenne.

Das habe ich ihm nicht gesagt, wie viele der Dinge mich noch gar nicht wirklich umgebracht haben, von denen ich mir das so oft erhofft habe. Es geht gar nicht um die Zigaretten oder um die Pillen, die ich mit Kaffee runterschlucke. Es geht um Blut in der Spucke, um die Nächte voll verlorener Wetten, es geht um Tage, die wie Blei auf mir liegen, es geht um Erinnerungslücken und meinen Rücken an der Wand. Es geht darum, dass ich, wenn ich in mir wühlte, immer nur Pappkartons und Plastikreste fand.

Es geht um die Aufwiedersehns, die nie ein Wiedersehen wurden, es geht um ausgeliehene Bücher, um Versprechen, die nie kamen, es geht um Schwarz-weiß-Ansichten im Rahmen.

Es geht um Namen, die man immer tiefer in sich schnitzt wie in die Rinde einer alten Eiche.

Das Herz ist noch da, auch wenn es am falschen Fleck sitzt. Hauptsache, es bleibt das gleiche.

Es geht um Über-das-Wetter-Plaudern mit einer Person, mit der man mal Leben geteilt hat und zu der man jetzt nur meint: Das war so schön, das klappt also doch, mit der Unverbindlichkeit, mit dem Einmal-im-Jahr-Treffen und in einer halben Stunde das Leben, das Auto, den Job, die Farbe der Bettlaken und die Männer abzuhaken.

Ich blicke auf meinen Tee. Ich knibble an der Haut an meinem Finger. Ich höre Halim zu und bei ihm war es schlimmer.

Wie er vom Überleben erzählt, von den letzten Jahren, vom Bleibenmüssen, von Blut in den Gassen, von Schüssen. Er erzählt viel von Wasser und überall Rot und wie er es trotzdem wagte.
Er erzählt von Zerfall, von Im-Dunkeln-Liegen, von Atemnot. Er erzählt von seiner kleinen Schwester und seinem Vater, der ein ganzes Jahr lang nichts mehr sagte.
Er erzählt, wie sein Tag damit begann, zu schauen, ob alle noch lebten.

Ich erwähne, wie für mich gestern so begann: erstmal den Tag anfangen. Erstmal laufen wie Absperrband, erstmal innerlich Böller vor mir auf den Boden schmeißen wie *wehe, irgendjemand rührt mich an.*
Erstmal Kaffee durchlaufen lassen, erstmal dem Nachbarn winken. Erstmal an roten Ampeln trinken. Erstmal alles verschütten, wenn es anfängt, zu hupen. Erstmal das Schlimmste vermuten. Erstmal fluchen und Gas geben. Denken: der gute Kaffee. Denken: Vergiss den Kaffee, mein ganzes Leben ist ein halber Placeboeffekt, und das ist inzwischen mehr als eine Vermutung. Im Sinne von; wenn ich nur fest genug daran glaube, hat es auch wirklich eine Wirkung.
Ich erwähne das alles. Und schäme mich ein wenig.
Halim zeigt mir Bilder, da lachen noch alle. Da waren ein Abschluss und eine lange Nacht, ein Kuss auf die

Wange, seine Freundin dort, vor drei Jahren war das, und er meint, so lange ist es her, dass er so richtig schwer verliebt war, er meint, das war die Zeit, wo er gemerkt hat, dass was in der Luft hängt, etwas, das sich überall verfängt, zuerst in Ahnungen und dann in Blicken und Worten und Warnungen und an Orten, wohin man plötzlich nicht mehr gehen durfte. Er erzählt von Schritten, die erst schlurften und dann nur noch huschten, die am Ende rannten und irgendwann dann ganz verschwanden.

Halim fragt, ob ich die Geschichte von der Sintflut kenne, und er meint, dass er sich genau wie Noah fühlt, als müsste er sich alleine mit einem selbstgemachten Schiff durch das Meer winden, sich plötzlich zwischen Hochwasser und verlorener Heimat zurechtfinden. Dass er sich nicht mehr fragt, ob die Taube mit ihrem Zweig im Schnabel noch kommt und vor allem: wann.
Dass er da nichts mehr sieht, keinen trockenen Berg, keine Spitze, keinen sauberen Spalt, keine Ritze, in der man sich verstecken kann.
Und dass er lieber David gegen Goliath nachspielen würde, hätte er die Wahl.
Ich frage, ob da gar nichts mehr ist, was er vermisst, und jetzt lacht er zum ersten Mal.
Und dann meint er: Denk mal nicht an das, was du im Fernseher siehst. Konzentriere dich mal auf jetzt, auf hier, stell dir vor, du wohnst in einem

weißen Haus mit schönen Bildern, stell dir vor, du hast ein Studium und einen Grund, warum, stell dir vor, du hast eine Zukunft und einen Hund, stell dir vor, du hast einen christlichen Namen auf deinem Pass und keine Angst davor, stell dir vor, du hast immer einen Kopfhörer im Ohr und einen Blick auf das Handy, stell dir vor, du hast Markenjeans an und alle kennen die, stell dir vor, du kommst abends heim und deine Schwester umarmt dich, stell dir vor, du hast eine Freundin und zwar eine, mit der willst du wirklich mal Kinder, stell dir vor, du wohnst in einer Stadt, in der gibt es keinen Winter und die ist von Kultur geprägt, stell dir vor, du würdest die Stadt kennen und dich weder dort verrennen noch in fremden Herzen verlaufen. Stell dir vor, dein Vater ist dort angesehen, denk mal daran, wie er gerade erwägt, ein neues Auto zu kaufen.
Stell dir jetzt vor, du liegst nachts wach und zum ersten Mal hörst du es von draußen. Stell dir vor, du gewöhnst dich daran. Man kann gut ausblenden, was stört, den Krach, die Schreie, zerplatzende Reifen und was man sonst noch so hört, man kann das wegblinzeln, man kann die Augen zukneifen, man kann es weglachen und das geht euch hier doch hier auch so, oder? Mit anderen Sachen?
Ja, meine ich, dass kann ich echt gut, nicht hinsehen, nicht reagieren, mich nicht verantwortlich fühlen, fast gar nichts mehr spüren.

Ich bin nicht gerne so passiv benommen.
Aber in letzter Zeit scheine ich nicht viel mehr zu machen, als abzuwarten. Ich warte darauf, endlich an die Hand genommen zu werden wie ein Kind, wie etwas, auf das man aufpassen muss. Ich warte auf die Zukunft, auf Anrufe, auf Mails, Gefällt-mir-Angaben, ich warte auf Feierabendhaben um vier, auf meinen neuen Lieblingsduft, auf den nächsten Kuss, auf Woanders-sein-als-Hier, ich warte auf Antworten, auf neue Orte, auf die Hände in der Luft, ich warte auf Motive, auf die ich einen Filter setzen kann, die ich irgendwann mit Hashtag Freedom, Helldunkelkontrast, ‚Das ist Freiheit' hochladen kann. Ich warte außerdem auf Herzen, die meins aus dem Morast ziehen, ich warte auf verliehene Bücher, aber ich weiß nicht mehr, von wem.

Das sind also deine Gefühle, die einfach angefangen haben, dich zu nerven? Fragt Halim. Und dabei schaut er ein bisschen so wie ich, wenn ich überlege, die Blumen, die schon seit Wochen auf dem Küchentisch vertrocknen, tatsächlich wegzuwerfen.
Ich habe mir das abgeschworen, erwidere ich matt, seit ich bei Gefühlen fast immer verloren habe, seit ich verstanden habe, dass sich seit dem Urknall nichts verändert hat, und wenn es nun mal der Fall ist, dass sich alle Dinge nur auf ande-

re vergängliche Dinge auswirken, eine Schramme auf dem Parkett zum Beispiel, von einer Vase, die mir auf den Boden fiel, als ich die Blumen wegschmeißen wollte. Wenn jetzt aber das Parkett irgendwann verbrennt und unsere Erinnerung verschwindet oder wenn niemand diese Schramme kennt, ist es dann überhaupt von Bedeutung, ob sie zu irgendeiner Zeit an irgendeinem Ort einmal da war?
Offenbar nicht. Das ist meine Antwort.
Und, und, füge ich noch hinzu und beiße mir von innen auf die Wange. Obwohl ich weiß, dass alle Dinge ins Nichts führen, tue ich, was ich kann, und das schon viel zu lange. Weißt du, Halim, ich will einmal an meine Grenzen gehen, einmal tun, was ich nicht kann, und für mein Versagen keine Konsequenzen spüren.

Wir sind vom Thema abgekommen, meint Halim und ich nicke nur benommen und frage mich, wo er gerade stehengeblieben war, weil meine Gedanken schon wieder um mich kreisen.
Bei den Problemen, die man ausblenden kann, meint er, und bei ihm waren das: Kinder, die zu Waisen wurden. Täglich mehr Krawalle. Bei ihm war das Aufstand und Bürgerkrieg. Bei ihm war das Zusammenraffen, was noch vom Leben übrigblieb. Dass er jetzt seinen Ring noch hat, seinen Kummer und eine Uhr, dass er alles verlor,

Freunde, Bücher, ein Zuhause, ein Ziel. Dass er zur Nummer geworden ist, zum Asylanten, zu niemandem, zu einem mehr zuviel.

Stell dir vor, meint er, deine Schwester umarmt dich nicht mehr. Stell dir vor, sie weint und dann ist sie weg, und stell dir vor, du denkst an Rache. Stell dir vor, jetzt ist es nicht mehr möglich, wegzusehen, stell dir vor, du bist gut darin, Geld zu verschwenden, aber plötzlich ist das alles nur noch für diese eine Sache.
Stell dir vor, dein Haus ist grau und deinen Hund musstest du verschenken, stell dir vor, du trägst noch die Markenjeans, aber du trägst sie drei Monate am Stück, bis sie zerfasern und verbleichen. Denk an den Geruch von Leichen, stell dir vor, du wirst verrückt, wirklich verrückt, wirklich so, dass du denkst, so viel kann kein Mensch ertragen, so viel zu sehen, so viel Angst zu haben, damit kann kein Mensch weiterleben.
Und dann lebst du weiter. Und zwar Jahre und Tage. Und dann kämpfst du dafür. Und kann mir einer sagen, was ich falsch gemacht habe?
Stell dir vor, meint er, du kommst über die Grenze, stell dir vor, das ist in Gänze alles, woran du die letzten Monate gedacht hast, stell dir vor, du kommst in eine Wohnung und du darfst dortbleiben und du bist in Sicherheit und weit weg von allem, wovor du seit Jahren ranntest, aber

auch weit weg von allem, das du jemals kanntest, und hier bist du alleine. Stell dir vor, du bist nicht mehr dein Beruf, dein Studium und dein Wissen, stell dir vor, du bist nicht deine Frisur und nicht deine Geschichte, stell dir vor, du bist nur noch gleichzeitig taub und zerrissen.

Er sitzt da vor mir. Und zittert ein bisschen. Und ich weiß nicht, was ich sagen soll. Wenn jetzt nur eine Kleinigkeit in seinem Herzen fehlen würde, das könnte ich mit einem Wort noch kleben. Ein netter Gedanke. Ein hübscher Satz. Etwas wie: »Dabei habe ich an dich gedacht.«
Aber was mache ich mit seinem Fass ohne Boden, seinen leeren Ängsten und den hohlen Augen? Was ist, wenn sich hier die Grenze zwischen Überdruss und wirklicher Qual verwischt?
In fremdes Leid habe ich mich noch nie eingemischt.
Was muss er denn falsch gemacht haben, um alles zu verlieren, was er liebt? Da antworte ich lieber gar nichts drauf, außer dass ich schon die ganze Zeit überlege, wieso es keine Mehrzahl von ›Zuhause‹ gibt.

Halim meint, er liegt immer noch wach, bei Tag und bei Nacht, er meint, er bekommt die Augen noch zu, aber nicht mehr die Gedanken geschlossen, er meint, er fühlt sich immer noch wie angeschossen, wie zurückgeblieben, wie im freien Fall, er meint, jetzt fühlt er mehr als sonst und ihm geht es nicht mehr darum, ob die Dinge noch Bedeutung haben, er denkt nicht an den Urknall oder Was-ist-in-hundert-Jahren, er denkt an sich und seine Familie und was sie mal waren, er hat immer die Boote im Kopf, hoffnungslos überfrachtet, und während er redet, bemerke ich, dass er nicht mehr mich, sondern seine Reflexion im inzwischen nachtschwarzen Fenster hinter mir betrachtet.

Halim meint, seine Gedanken können nicht einen Millimeter rutschen, ohne auf Ecken und Kanten von früher zu stoßen. Sie schneiden sich daran und er bekommt Nasenbluten.
Sehr kurz und sehr heftig und er meint, seit er erkannt hat, dass das Blatt sich für ihn nicht mehr wendet, überlegt er sich nur noch Worte, die nicht wieder nur in einer Hand voll Erde enden.
Ich will noch etwas sagen. Über die Grenzgänge, über seine und meine und wie es für mich ein guter Tag ist, wenn ich nicht in mein Frühstück weine, und wie es für ihn gar keine guten Tage mehr gibt und auch nichts mehr, das beteuert er, nichts mehr, dass er jetzt noch liebt.
Aber, Halim, selbst wenn sich mein Herz jetzt schon zwischen den Rippen eingeengt fühlt, vielleicht kann da noch Platz für dein Zuhause werden. Und wenn ich so schon manchmal kaum Luft

bekomme und die Knöchel weißhalte, vielleicht werde ich mich in Zukunft trauen, die Fäuste aufzumachen, um dir aus meinen Armen einen Unterschlupf zu bauen.

Die Unterteilungen der Kapitel sind Zeilen aus den Liedern *This Modern Love* von Bloc Party, *Lover I Don't Have To Love* von Bright Eyes und *Left and Leaving* von The Weakerthans

SEITDEM DU NICHT MEHR MEIN ZUHAUSE BIST

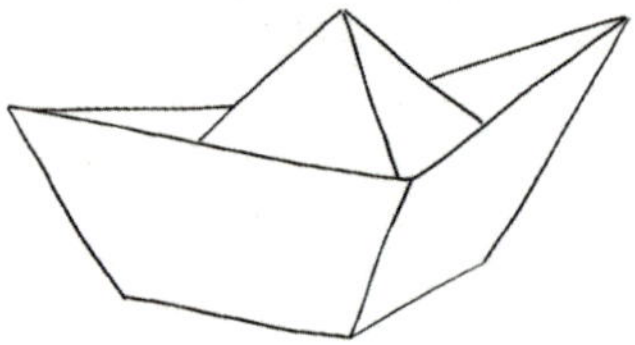

FÄLLT MIR DER HEIMWEG SCHWERER